「冷たっ…」
「そういえば、氷をいったいどうするのか、詳しく聞きたがっていたな」
illustration by WAKANA

さらわれた花嫁《はなよめ》と恋愛結婚《れんあいけっこん》!?

森本あき
AKI MORIMOTO

イラスト
わかな
WAKANA

Lovers Label

CONTENTS

✦本作品の内容は全てフィクションです。
実在の人物、団体、事件などにはいっさい関係ありません。

頬《ほお》に当たる、ひんやりとした冷たい感触に、中林鳩羽《なかばやしはとば》は、ぶるり、と身を震わせた。

「気がついたか？」

すぐ近くから聞こえる声。耳の奥に響《ひび》く、くぐもったそれの主《ぬし》をたしかめようとして、目が開かないことに気づく。

眠いわけじゃない。まぶたが、ぴくり、とも動いてくれないのだ。いったい自分の目はどうしてしまったんだろう、と手をやろうとしたのに、そこもまた持ち上がらない。

重力が通常の何倍もの力で自分をどこかに押しつけているような、そんな感覚。

「い…た…」

やっとの思いで声を出すものの、それは明瞭《めいりょう》な言葉にはならない。唇も舌も、何もかもが重い。

いったいどうなってるんですか。

そのひとことが、とても遠い。

「どうやら、意識が戻ったみたいだな」

聞き覚えのない声に、鳩羽は眉《まゆ》をひそめた。とはいえ、それは意識の中だけで、実際は表情筋すら動いていないにちがいない。

そもそもここはどこで、この人はだれなんだろう。

それより前に、どうして、自分はこんな状態に陥《おちい》っているのだろう。

記憶を探《さぐ》っても、心当たりはまったくなかった。

だって、今日はたしか…。

「あと一時間もすれば、体は動くようになる。それまで眠ってろ」

体の上に、ふわり、と何かをかけられた。やわらかい肌触りはブランケットか何かだろうか。

「ど…て…」

どうして、そんなことが分かるんですか。

聞きたいこと、知りたいことがいろいろあるのに、唇に乗せられない。

それがもどかしくて、少しだけいらつく。

「しゃべるのも無理だ。とりあえず、おとなしくしとけ。一時間後には」

彼はそこで言葉を切った。ふっ、と耳の中に息がかかる。

笑ったのだ、と、見てもないのに、なぜか鳩羽は確信した。

いま、彼は笑った。たぶん、鳩羽を安心させるためではない。

どちらかというと反対の意味を持つ、そんな笑い方のような気がしてしょうがない。

ぞわぞわ、と、鳩羽の体に何かが走った。

いやな予感、というのは、こういうときに使う言葉なのだろうか。不快感、不安、恐怖、それらがあわさった、いままで感じたことのない感覚。

「いやでも、たくさん声を出さなきゃならなくなる」

彼がそう言ったあと、何かがギシリ、と音を立てた。気配が遠のくのが耳から伝わってくる。

「あ…」

「それまでは体力を温存させておいたほうがいいぞ」

彼の言葉も遠い。

「の…」

あの。

ただ、それだけを口にするために、すべての集中力と体力を使わなければならない。

自分の体なのに自由にならない。

何かが、いや、ちがう、何もかもがおかしくなっている。

「しーっ」

彼はその言葉と同時に、鳩羽の唇に指を当てた。鳩羽は、びくん、と体を跳《は》ねさせる。ちょっとした反射は可能らしい。

指が離れると、またもや彼の気配が遠くなった。しばらく様子を探っていたら、足音が聞こえてくる。

カツカツカツカツ。

硬質な、だけど、軽めのそれは、どんどんと小さくなっていった。

「まっ…」

待ってください。

鳩羽の言葉が全部出るまえに、ギィ、という、少しきしんだ音が響く。どうやら、ドアを開けたようだ。

ここはドアのある場所だということは分かったものの、それだけではどうしようもない。

バタン、とドアが閉まる音に、鳩羽は軽いパニックに陥った。

どことも知らない場所に、一人残された。自分がどうなっているのか、まったく分からない。

一時間後、いったいどんなことをされるのか、予想すらつかない。

どうして、こんなことに。

一生懸命《いっしょうけんめい》思い出そうとすると、ぐらり、と頭の芯《しん》が揺らいだ。こめかみを押さえたいのに、どうにもならない。

最後の記憶は…。

鳩羽は集中する。

…そう、たしかに、あれは今日だった。

いつもならのんびりしているはずの日曜日にスーツを着て、いやいやながらホテルに向かい、愛想《あいそ》笑いを振りまいていたのは、たしかに今日のお昼のことだった。

1

「それじゃあ、あとは若い人同士で」

本当に、こういうときは決まり文句を使うんだな。

鳩羽は胸のうちでそう思いながら、にっこりと目の前に座っている人に微笑《ほほえ》みかけた。

どうしよう。名前が思い出せない。

そんな内心の焦《あせ》りなんて見せないように、笑顔を貼《は》りつける。

だいたい、どうして、俺がお見合いなんてしなきゃならないんだ。会社で特に目立っているわけでもなく、自分で言うのもなんだけど、がんばっている割には仕事ができないという自覚もあり、つぎの人事で昇進《しょうしん》できるような業績もあげておらず、ということは、その肩書的に結婚していたほうがいいからお膳《ぜん》立《だ》てしてやろう、なんて上司に思われるはずもない。

なのに、一週間とちょっと前、突然、部長に呼び出された。

鳩羽が所属しているのは、総務課。かなり大きな会社なので総務課員はたくさんいて、総務課長はおなじ部屋にいるものの、部長室は別階の役員フロアにある。総務課に顔を出すこともめったになく、廊下《ろうか》ですれちがっても、なんか見たことある人だなあ、と思うぐらいでとっさには思い出せる自信もない、そんな相手に名指しで呼ばれたのだから、最初は驚いた。

自分はいったい何をしでかしたんだろうか、と。

総務では役に立ってないとはいえ、そんな大きなミスをしたとも思えない。というか、まず、大きなミスをして会社に損失を与えるような仕事を与えられていない。だから、部長から直々《じきじき》に呼び出されるような事態を巻き起こしたくてもできるはずがない。

だけど、しばらくして冷静になってから、ああ、なるほど、と鳩羽は納得した。

直属の上司じゃなくてもっと上が出てくるからには、考えられることはただひとつ。いくら大会社とはいえ、この不況下、余剰人員をずっと抱《かか》えているわけにはいかない。

つまり、リストラ。

それなら、部長から話が来るのも分かる。告げるのは課長でもかまわないはずだが、苦渋《くじゅう》の選択だった、という形を一応は見せたいのだろう。

それもしょうがないか、と、鳩羽はあきらめ半分で考える。

会社に入って三年目だというのに、いまだに新人とおなじ仕事しかやらせてもらえていない。総務というのはいわゆる便利屋みたいなもので、会社のあるべきところにあるべきものを配置する、縁《えん》の下の力持ち的な、だけど、なくてはならない部署だ。トイレットペーパーを切らさないようにするといった日常的なものから、給与計算、大きなものになると株主総会の仕切りまで、仕事は多岐《たき》にわたっている。資格がいるような職種ではないが、キャリアアップのためには当然、なんらかの資格を持っている人が有利になってくる。簿記《ぼき》は当たり前のこと、社会保険労務士も半分以上の社員が取っていて、宅建、衛生管理者、パソコン関連など、資格を持ってないのは鳩羽だけなんじゃないだろうか、と不安になることもしばしば。

だったら、鳩羽も資格を取ればいいだけなのだが、それをしない理由はただひとつ。

資格を取ったからといって、自分が昇進できる可能性が一パーセントもないから。

だいたい、最初からまちがっていたのだ。

大不況からくる就職難の折、鳩羽がこんな大きなところに入社できたこと自体が、なにかの手ちがいだったに決まっている。

いや、手ちがいでもまちがいでもなくて、受かったには受かったなりのれっきとした理由があるのだけれど、大企業のほうが将来が安心だ、という単純な思い込みで、それをすんなりと受け入れてしまった鳩羽が悪いのかもしれない。

でも、だって、と鳩羽は心の中だけでつぶやく。

こんなことを言ったら、考えが甘い、と怒られるだろうことは承知の上で説明させてもらえば、勉強と社会生活がこんなにもちがうなんて思ってもいなかったのだ。

鳩羽は、学校で教わる勉強は昔から得意だった。その結果として、大学もかなりいいところに入り、またもやそこでも勉強をがんばったおかげで成績もよく、ゼミでついた教授の強い推薦があり、一社目で就職が決まった。だれもが名前を聞いたことがある大企業に親は安心し、周囲はうらやましがり、鳩羽は鳩羽で、もうこれから先、なんの心配もいらない、定年まで真《ま》面目《じめ》に働けばいい、と心から安堵《あんど》していた。

だけど、ここで誤算が生じる。

小学校、中学校、高校、そして、大学と学んできた勉強には、かならず答えがあった。一生懸命考えるまでもなく、その答えが鳩羽にはすぐに分かった。高校時代、こんなに才能がある生徒は十年に一人ぐらいだと数学の先生から絶賛され、理系なのに読解力もあるわ、と国語の先生からは妙《みょう》な感心をされ、英語じゃなくてもあなたならどんな語学も学べそうね、と英語の先生からは太鼓判《たいこばん》を押された。大学に入ると周りのレベルもおなじぐらいなので、自分には高校の先生たちが言うほどの能力はないんだ、と実感したけれど、ほかの人たちが、ようやく受験から解放された、と遊びまくっている間にも、鳩羽はこつこつと勉強し続けた。そのおかげで成績は一番よく、その結果、教授の覚えもめでたかった。

あのころが自分の一番輝いていた時期なんだろうなあ、と齢《よわい》二十五にしてしみじみと思うようなことになった要因は、ただひとつ。

仕事には正解がない。不正解はあっても、これがたったひとつの正解、というものは、けっしてない。

どういうやりかたただろうと、その仕事を完了しさえすればいい。

そうなると、もうお手上げだった。

まずは研修でつまずいた。言われたとおり、マニュアルどおりならできるものの、それを応用させるとなると、まったくダメ。とっさの機転が利《き》かない。自由にしていい、と言われれば言われるほど、どうしていいか分からなくなる。

あのときに辞《や》めておけばよかった、と思うこともある。

そうすれば、もっと楽になれたのに。

研修で目立った新入社員は、ほぼ営業に回された。残った中で総務に配属されたのは二人だけ。鳩羽ともう一人は女性だ。その同期にすら、中林くんは仕事できなそうだからしょうがないよね、と辛《しん》らつなことを言われてしまう始末。自分だって総務のくせに、と心の中で毒づいたことを悟《さと》られたのか、私はもともと総務希望だったけど、と付け加えられた。

総務だって大事な部署だ。だいたい、仕事に貴賤《きせん》はない、なんて常識じゃないか。

そんなふうに思いつつ、研修が終わって張り切って仕事を始めたのはいいけれど、そこでまたもや思い知ることになる。

総務は、たしかに大事な部署だ。なければ会社は回らないし、やることもたくさんある。だけど、その、たくさんの『やること』が仇《あだ》になった。

どれを先にやればいいのか分からない。仕事を教えてくれる先輩によってやりかたがちがう。どの人にあわせればいいのか、混乱してしまう。

最初は鳩羽の大学名と首席卒業という肩書きに期待していたらしい先輩たちも、しばらくしたら、あれ、もしかして、こいつ、使えないかも、という雰囲気《ふんいき》をかもし出した。鳩羽が、どのやりかたが最適なのか統計を取ろうと、総務課員全員におなじことを質問するようになると、使えないかも、が、まったく使えない、に変わった。

一生懸命にやっているのに通用しない。

これは、かなりのダメージがある。

たとえば、鳩羽が、仕事なんてどうでもいい、と思っていて、適当にさぼったり、先輩の言うことを聞き流した結果、仕事ができないのなら、本腰を入れればどうにかなるかもしれない。けれど、鳩羽はすでに本腰を入れきった。入れきったのに、まったくもって仕事ができるようにならない。

新しい仕事を割り振られるたびに、これはどうすればいいんですか、と、前回の応用をしようともせずに質問する鳩羽に、みんな、めんどくさくなったのか、途中から新しい仕事は回ってこなくなった。

単純計算や、単調な表作成、郵便物の整理、電話受付など、三年間、ずっとおなじことをしている。

勉強ができる、ということと、会社において有能だ、ということ。

それがこんなにちがうなんて思ってもいなかった。

学生時代、頭のできは悪くないんだけどね、と成績のよくない友達がよく残念がられていたけれど、そんなの、なんの言い訳にもならない、と鳩羽は考えていたものだ。

頭のできが悪くなくても、勉強ができなきゃ意味がない、と。

それは、いまの鳩羽にも当てはまる。

学校の勉強ができたって、実生活ではなんの役にも立たないなら、そんなのまったく意味がない。

辞めよう、と何度も思った。こんな自分がいても迷惑をかけるだけだ。新入社員どころか、賃金の安い派遣社員にでもできる仕事しかしないのなら、正社員でいる資格はない、と。

だけど、仕事ができないからといって冷たくされるわけでもなく、おまえ、向いてないから辞めれば、とはっきりと口にされることもなく、居心地《いごこち》そのものは悪くない会社を自分から退職するのはもったいない気がして。

それよりも何よりも、辞めたあとで何をすればいいのか、まったく思い浮かばなくて。

総務の仕事があわないだけなら、部署移動をすればいい。だけど、困ったことに、鳩羽は仕事そのものに向いていないのだ。

その自覚があるから、ここを辞めたら、きっとつぎの就職先は探さない。会社に迷惑をかけるだけだと分かっているのに、わざわざ新しいところに面接に行くほどの気力はない。

会社を辞めたら、無職になるだけ。二十代前半で無職になってしまうと、あとの長い人生、どうしていいか分からない。親だって心配するだろう。

勉強をするだけ、という職業があればいいけど、残念ながら、そんなものはない。教師は人に何かを教えなければならないし、研究職は、いまはまだ正解が分からない答えを探し求める、鳩羽のやりたいこととはまったく逆の職業。問題から答えを導き出すのは得意でも、答えのない問題を解くことはできない。

だから、辞めたくなかった。

ここしかないのだから。これが最後の砦《とりで》だから。辞めたら、なんにもなくなってしまうから。

能力がないと知りつつ、固執《こしつ》していた。

だけど、会社の決定なら。

会社が、あいつは役に立たないからクビにしよう、と判断したのなら。

素直に従うことができる。

残念だという気持ちよりも、ほっとした思いのほうが強かった。

これで、自分は役立たずだ、と痛感しながら、仕事を続けなくていい。リストラされたならしょうがない、と親も思ってくれるだろう。

部長室に行くのに、ためらいはなかった。

ノックをして、ドアを開け、失礼します、と頭を下げて、中に入る。

研修で習ったマニュアルどおりのことをして、鳩羽は部長室に足を踏み入れた。さすがに大きな企業だけあって、立派な部屋だ。部長でこれだとしたら、専務や常務は、いったい、どんな部屋を与えられているのだろう。

「ああ、中林くん」

そういえば、この人が部長だった。

鳩羽は一年ぶりぐらいに見るような気がする部長の顔を、記憶と重ねる。

少しお腹の出た、頭も薄くなりつつある、どこにでもいそうな中年男性。だけど、部長になったぐらいなんだから、その見かけとは裏腹にやり手であるにはちがいない。

「わざわざ呼び出してすまなかったね」

「いえ」

どういう答えをすれば、上司に対して失礼がないのか、そういうことすら分からないから、鳩羽は言葉少なに告げた。

うん、やっぱり、自分は会社に向いていない。クビになって当然だ。

「こういうことを上司の権限をふりかざして頼むのは申し訳ない気もするのだが」

「とんでもないことです」

人をクビにするなんて、上司の権限をふりかざさなければ無理なんじゃないだろうか。それに、部長が気に病《や》むことでもない。

「きみ、来週の日曜のお昼は暇《ひま》かね?」

「…は?」

明日から会社に来なくていいから。

そう続けられると予想していた鳩羽は、あまりに驚いて、そんなことを口にしていた。それから、はっと我に返る。

上司に向かって、は？　はないだろう、は？　は。

「…暇ですが、どういった用件でしょうか」

就業時間中にみんなが見ている前で私物をまとめさせるのも、という温情で、だれもいない日曜日に取りに来い、ということだろうか。

…クビになった会社に、わざわざ日曜日に来たくはないなあ。それなら、このまま戻って私物をまとめるほうがましだ。

「それはよかった。それでは、中林くん、来週の日曜日の午後十二時に、ここに行ってくれたまえ」

部長は、すっ、と机の上にカード状のものを滑《すべ》らせた。とまどいながらも、それを受け取ると、そこには簡単な地図とホテルの名前、電話番号、住所が印刷されてある。鳩羽も名前を聞いたことがある、かなり有名なレストランだ。

「…なんのためにですか？」

「お見合いだよ」

は？　と言おうとして、鳩羽は慌《あわ》ててそれを飲み込んだ。二回も、そんな失礼な返事をするわけにはいかない。

「お見合い…ですか?」

「そんなに硬く考えなくていいんだ。会ったあと、断ってくれていい。だが、どうしても義理をとおしておかなければならない相手でな」

「あの…どうして、ぼくが…」

会社では、俺じゃなくてぼく。それもまた、マニュアルどおり。

「先方がきみを指名してきたんだ。うちの会社としては、どうしても拒否できなくてね。申し訳ないが、会社のためだと考えてくれないだろうか」

「…いえ、でも、あの…」

お見合い?

っていうか、先方ってだれ?

っていうか、っていうか、いまどき、お見合いなんてするもの?

いろいろな疑問が頭の中で渦巻《うずま》くものの、うまく言葉にできない。

「じゃあ、よろしく頼んだよ」

部長はそこでようやく立ち上がると、鳩羽のほうへ近寄ってきて、鳩羽の肩を、ぽんぽん、とたたいた。それの意味することは、鳩羽だってよく分かる。

話はすんだから出て行け。

いや、でも、まったく話が見えないし!

「詳細は、追って知らせるから、日曜の予定は空けておいてくれよ」

「はあ…でも…あの…」

「まだ、何かあるのかね？」

表面的な態度は変わらないものの、部長からは少しいらついた様子がうかがえた。だけど、ここで思い切って聞かないと、これから先はもうない。

「ぼくはクビになるんじゃないんですか？」

「クビ？」

部長は眉をひそめる。

「きみのように会社にとって有益な社員をどうしてクビにしなければならないんだね」

会社にとって有益。

その言葉を聞いただけで分かった。

この人、自分のことをまったく知らない。クビにするしない以前の問題で、鳩羽についてなんにも分かっていない。

鳩羽がダメ社員なことぐらい、総務課員ならだれでも知っている。もしかしたら、他部署でもうわさになっているかもしれない。

ということは、部長の用事はお見合いのことだけで、それを了承させれば、この人の役目は終了。

明確な答えがあるなら、それを導き出すのは鳩羽の得意分野だ。

だとしたら、これ以上、ここにいてもしょうがない。

「分かりました」

鳩羽はそう答えると、部長がほっとしたような表情になる。

「申し訳ないね」

「いえ、そんなことありません」

クビにはならずにすんだ。もともと、休みの日には予定がない。初対面の人に会うのは、たしかに、めんどうだけれど、これも仕事の一環《いっかん》だと思えばいい。

「それでは、失礼します」

鳩羽は頭を下げて、部長室を出た。クビにならなかったことをほっとすればいいのか、それとも、これから先も会社のお荷物として過ごさなければならないことを心苦しく思えばいいのか、心の天秤《てんびん》はその両方の間を揺れている。

とりあえずは、総務課に戻ろう。もともと仕事ができないのに、これ以上、迷惑をかけるわけにはいかない。

しかし、いまどきお見合いかあ。

鳩羽は、なんとなく不思議な気分で思う。

それも上司命令でなんて、いったい、いつの時代の話なんだろう。

だけど、まあ、レストランに行って、食事をして、適当に話して、断ればいいなら、そうむずかしくはない。

そのときは、そう思っていた。

これもまた仕事の延長でしかないと、気楽な気持ちで考えていた。


「眠ってろ、と言ったはずだぞ」

さっきとおなじ声に思考をさえぎられて、鳩羽はぼんやりとそっちを向いた。どうせ開かないんだろうな、とあきらめつつまぶたに神経を集中させると、ぴくり、と少し震えてから、ゆっくりと、だけど、確実にそこは動く。

まぶしい。

最初に感じたのは、それ。

長い間、完全な闇《やみ》の中にいて、突然、光を照らされたような、そんなまぶしさ。理科で習った、明順応《めいじゅんのう》、という言葉が頭の中に浮かぶ。

いつものようにはいかないのをもどかしく思いながらも時間をかけて何度かまばたきをして、光に少しずつ慣れてきたところで、体のいろいろな部分を動かせることも分かった。手で顔を覆《おお》って、明かりをさえぎる。

「いったい…」

言葉も、さっきよりははるかに明瞭だ。鳩羽は、ひとつ、大きく息を吐いて、そのあとを続けた。

「いったい、俺はどうなって…」

そこまで言ってから、鳩羽は口を閉じる。それが本当に聞きたいことなのか、自分でも分からなくなってしまったのだ。

思い出したのは、お見合いの途中まで。あとは若い人同士で、と言われたあとどうなったのか、まったくもって記憶にない。

予定では、場所でも変えましょうか、などと心にもないことを口にして、喫茶店《きっさてん》でコーヒーを飲みながらしばらく話し、また連絡します、と、これまた真実とはほど遠いセリフを告げたあと、平和に別れるはずだった。

なのに、どうして、こんなことになっているのか、鳩羽には見当もつかない。だからといって、それを率直《そっちょく》に聞いても、望むような答えが返ってくるような気がしない。

まずは、自分の置かれた状況を把握《はあく》しないと。

ようやくまぶしさが完全に消え、きちんと周囲が見渡せるようになったのを確認して、鳩羽は目を覆っていた手を離す。

普通より、少し広い部屋。内装はというと、豪華すぎも貧弱すぎもしない、よくあるビジネスホテルみたいな一室。そこのベッドに、いま自分は寝かされている。

だけど、ひとつだけ、その場にふさわしくないものが目に入った。

いや、ふさわしくないというか異質。

「これは…」

鳩羽は、自分の右手側にあるモニターを指さした。画面上の右側にいくつかの数値、左側には医療ドラマでよく見る波形の線が現れている。

「何…？」

もしかして、ここは病院なのだろうか。だとしたら、記憶がないのもうなずける。レストランから喫茶店に行く途中で事故か何かにあって、そのまま病院に運ばれたのかもしれない。

「脳波を測定するＢＩＳモニター。リラックスしているのか、緊張しているのか、眠っているのか、起きているのか、そういうのが分かる装置だ。この一時間、ずっと起きてたな」

「起きてたっていうか…」

そういえば、もう一時間たったのか。

分散してしまいがちな思考を、どうにかかき集めて、鳩羽は考えた。

だから、体が動くようになったのだろう。

「これから疲れることをたくさんしなければならないのに、人のアドバイスを聞かない子だな。もっと素直かと思ってたよ、中林鳩羽くん」

「名前…」

まだ、すぐに言葉が出てこない。長い文章になると、かなり億劫《おっくう》だ。それは脳波を見られていることと関係あるのだろうか。

頭を打って、脳のどこかに障害が出ているとか…。

ぞくり、と背中を恐怖が走る。

もし、そうだったらどうしよう。いまでさえ仕事ができないのに、脳の働きが鈍《にぶ》くなったら、もっととんでもないことになる。事故で入院したから、といってクビにはできないだろうけれど、回復にどれだけかかるか分からない、それも役に立たない社員を、それとなく依頼退職させることは簡単なんじゃないだろうか。

いくらお見合いが部長の命令だったからといって、仕事としてみなされるわけがない。労災《ろうさい》などは下りないと思ってまちがいないだろう。

実家暮らしで、お金を費やすような趣味もないから、しばらくは困らないぐらいの貯金があるけれど、手術、入院、となると、どのくらいかかるのか予測もつかない。

「緊張《きんちょう》してきたみたいだな」

彼はモニターを見ながら、つぶやいた。鳩羽はその声につられるかのように、モニターをのぞき込む。だけど、何がどうなっているのか、まったく分からない。鳩羽に見て取れるのは、波がちょっと変化した、ぐらいだ。

どうなっているのか、ほんのちょっとでも情報がほしくて、男のほうをすがるように見た瞬間、鳩羽は、はっと息を飲む。

この人、どこかで会ったことがある。

でも、どこで？

知り合いでは絶対にない。名前も知らないし、見覚えがあるといっても、記憶の隅《すみ》にある程度。それなのに鳩羽が覚えていたのは、彼がとてつもなく整った顔をしているから。

街ですれちがえば、女の人はかならず振り向くだろう。顔立ちだけじゃなくて、雰囲気も人を魅《ひ》きつけるものがある。髪も目も漆黒《しっこく》と呼んでもいいような黒さで、それが神秘的にすら見える。

この人を知っているのに、どういう関係なのか思い出せない。

会社にはいない。こんなかっこいい人がいたら、絶対にうわさになっている。取引先だとしても、営業ではない鳩羽は顔をあわせる機会がない。

おなじ地域に住んでいる？　それとも、電車がよく一緒になる？

行きつけのお店、買い物をするところ、その他いろいろ、思いつくかぎりのところを浮かべても、記憶が一致しない。

「あの…」

どなたですか、と聞こうとしたら、男が手を伸ばして、鳩羽の額《ひたい》から何かを取った。かすか

な痛みとともに、皮膚が吸い出される感覚。男の手を見ると、いくつかの小さな吸盤《きゅうばん》がある。根元が一本の線で束《たば》ねられているから、一気に引かれたのだろう。鳩羽が手をかざしていたのとは逆側に装着させられていたようで、まったく気づかなかった。

その吸盤が取れると、モニターの波が一本の線になる。男は吸盤をモニターの上にかけて、それをベッドから遠ざけた。

「緊張するのは、意識がはっきりしてきた証拠《しょうこ》だ。薬の影響はもう心配しなくていい」

「薬…？」

ぼんやりとしていた頭の中が、徐々にはっきりしてきたのが鳩羽にも感じられる。

「それは、麻酔《ますい》か何かですか？」

「麻酔のようなもの、が正確な答えだ。ところで、鳩羽」

呼び捨てられて、鳩羽はちょっとだけ顔をしかめた。どうして、この人に名前で呼ばれなきゃならないんだろう。

「俺のことを覚えてるか？」

やっぱり、というのが、素直な感想。

やっぱり、この人と顔を合わせたことがあるらしい。

あ、そうだ。

鳩羽は気づいた。

ここが病院なのだとしたら、この人は医者のはず。よく行く病院の関係者だと考えればつじつまは合うけれど…。

総合病院は混むという理由で、鳩羽がお世話になっているのは、ずっと昔から、実家の近くの個人病院。医者は一人しかいないし、看護師に男の人はいない。一年に一度、会社の健康診断を受けるけれど、それはどこかの大学から派遣されている研修医だという話で、毎年変わる。ついでに、こんな目立つ人が来たら、女子社員のうわさの的になっている。だとしたら、忘れるわけがない。

だけど。

「お医者さん…ですか?」

一縷《いちる》の望みに賭《か》けてみることにした。

脳波を見られるような人は医者に決まっている。一度でもちゃんと会話をしたり、じっくりと顔を見れば、こんなかっこいい人、忘れるはずもないが、ほかの可能性が思い浮かばないんだからしょうがない。

あ、分かった!

鳩羽の頭の中が、ぱっと明るくなる。

お医者さんは、マスクやらなんやら、顔にいろいろつけていることが多い。目だけしか見えないなら、こんなかっこよくても分からないんじゃないだろうか。

そうだ。そうに決まってる。

「俺が医者に見えるか？」

彼はにやりと笑って、それから首を横に振った。

「…ちがうんですか？」

「ちがう」

だとしたら、もう思いつかない。脳波の機械を操れる医者じゃない人、の存在なんて、学校でも習わなかった。

つまり、答えが分からない。

「すみません、あの、俺、記憶力があまりよくなくて…」

それはウソ。記憶することにかけては自信がある。だからこそ、学校の勉強はできていたのだ。

だけど、こうでも言っておかないと、たぶん、一度会ったすべての人に覚えられているだろう目の前の男の気分を害する気がして。

気分を害してもらってもかまわない、と思えるほど、自分の状況を把握していないし、なるべく危険は避《さ》けたい。

だから、笑顔をつくってそう言った。

そうやって笑ってみて、また気づく。言葉もだいぶスムーズになってきたし、表情筋もすっと動くようになっている。男が言うように薬が抜けてきたのだろう。

「大道寺隆稔《だいどうじたかとし》」

唐突《とうとつ》に告げられて、鳩羽は首をかしげた。

ダイドウジ、タカトシ？　だれだっけ、なんか聞いたことが…。

「株主！」

「正解」

総務の一番の大仕事は、株主総会の仕切り。実際、入社して社会人になってみるまで、会社で一番えらいのは社長、もしくはその上の会長だと思っていた。だけど、実際はちがう。

株主総会。

会社の株を多数所有していれば、それなりの発言権があるし、それをだれかに売ってしまうと会社の経営権そのものが他所《よそ》に移ってしまうこともありうる。かなり前、どこぞのテレビ局を買おうとした会社も、株を所有することから始めていた。

毎年六月になると、総務はおおわらわになる。通常業務に加えて、六月の最終週に開催《かいさい》される株主総会の準備に追われるからだ。

さすがに、そのときは鳩羽もいつもより忙しくなる。株主に送る招集状を印刷したり、宛て名にまちがいがないかを確認したり。実際、株主総会の場に呼ばれることはないものの（それは、もっと有能な人たちの仕事だから）、株主の名前は結構な数を覚えている。

その中でも、大道寺隆稔は別格。経営者を除けば一番多くの株を所有している、いわゆる大株主で、彼が株を売れば即座に経営に影響が出ると言われている。

この人にだけは失礼がないように。

最初の年に注意されたから、それで覚えた。この三年間、大道寺隆稔宛ての招集状だけは、発送する前に、何度も細かい部分を確認している。

ただし、顔は知らない。というか、いままで知らなかった。

顔を合わせたのだとすれば、株主総会のとき。だけど、鳩羽は会場には顔を出していない。可能性があるとしたら、会社内のどこかですれちがって、そのときに、ちらっ、と顔を見たのだろう。

その一瞬ですら、記憶に残るような美貌《びぼう》。

それが、単純にうらやましい。

平凡を絵に描いたような、かっこいいね、とも言われない代わりに、不細工《ぶさいく》だよね、と陰口をたたかれることもない、特徴が薄い鳩羽にしてみれば、特に。

「…で、お医者さんなんですか？」

大道寺隆稔が何をしているのか、鳩羽は知らない。医者で株主という存在は、結構多いのだろうか。それとも、めずらしい？

「だから、医者じゃないって言ってるだろうが」

彼はあきれたような表情になった。

「俺は何をしなくても生きていけるほどの金持ちで、日ごろは遊んで暮らしてる。ただ、ちょっとした仕事を頼まれることもあってな」

大道寺隆稔は、鳩羽に顔を近づけてくる。

「どれだけ使っても使い切れないほど金を持ってるやつらは、実際のところ、掃《は》いて捨てるほどいるんだ。若いころは、ものすごく金のかかるパーティーをやったり、いろんな国にプライベートジェットで出かけたり、ギャンブルをしたり、女のために使ったり。そういうバカなことを楽しいと思えるが、人間とは業《ごう》の深い生き物だからな。そのうち、飽《あ》きてくる。そうすると、もっと興味をそそるものを、もっと退屈をまぎらわすものを、と、どんどん欲望がエスカレートしていき、犯罪すれすれの行為、もしくは、犯罪そのものですら、おもしろければそれでいい、と思うやつらが出てくる。金とは、イコール権力だ。金で解決できることは腐《くさ》るほどある。たとえば、犯罪の隠蔽《いんぺい》とか、な」

なんだろう。ものすごくとんでもないことを聞いている気がする。

これ以上、踏み込んではいけない。

自分の中から、そんな声がささやきかけてくる。

だけど、鳩羽は魅入られたように大道寺から目を離せない。闇のように黒い瞳に、吸い込まれてしまいそうだ。

「そんな退屈した、人間のクズとも呼べるやつらが一年に一回、集まって催し物をする。去年まで何をしてきたか、それは俺の口から言えないが、今年はもう決まった。一週間後、オークションをすることになっている」

「オークション？」

高価なものを競《せ》り合う、サザビーなどで有名なあれ？　でも、それは、金持ちなら普通に参加できるんじゃあ…。

「人間のオークション」

大道寺の声は、低かった。低いのに、なぜか、甘く響いた。

言葉の内容とは裏腹な楽しそうな響きに、一瞬で、鳩羽の体に鳥肌が立つ。

本気だ、と分かったから。

冗談でもなんでもない。この人たちは人間のオークションをしようとしているんだ。

「それを…」

ごくり、とのどが鳴った。

聞いちゃいけない、というひるみと、聞かなきゃだめだ、という思い。

どっちが勝つかなんて、決まっている。

昔から、疑問をそのままにしておくことができなかった。勉強のときは利点だったその性質が、社会人になってからはマイナスでしかないことは分かっている。

いまは…いったい、どちらに転ぶのだろう。

「俺に教えてどうするんですか?」

「教えないと、先に進めないからな」

大道寺の手が、すっと鳩羽の頬に伸びてきた。そこを撫《な》でられて、ぞくり、と恐怖が体を駆け抜ける。

怖い。この人、ものすごく怖い。

「最初は総務部長の許可」

許可? いったい、この人は何を言っているのだろう。部長が頼んできたのは、お見合いをしてくれ、ということ。ほかには、何も言われていない。

「それと、今日。重要なのは見合い相手じゃない。見合い相手の父親のふりをしてついてきた男だ。覚えてるか?」

どこにでもいるような中年の男だったことしか記憶にない。少しふくよかだった気がするけれど、そんなに特徴的ではなかったはずだ。

「彼もまた、メンバーの一人で、きみの審査をしていたんだ。そこからも、これでいい、との承諾《しょうだく》を得て、最後が俺」

何を言っているんだろう。

この人は、いったい、何を告げようとしているのだろう。

答えなら、見えている。

だけど、ちがっていてほしい。

いまだけは、自分の答えへとたどり着く能力が発揮《はっき》されないでほしい。

だって、そんなの最悪だから。

自分が考えた結論が当たっているとしたら、それは、つまり…。

「運ばれてきた鳩羽を、一目見て気に入ったよ。色が白くて、従順そうで、すれていない。さんざん抱いてきたから女に飽き気味《ぎみ》で、だからといってみずから体を開くような男娼《だんしょう》が欲しいわけでもない俺たちのような人種からすれば、鳩羽は宝石のような存在だ。オークションまでの一週間で調教しなければならないから、俺の責任は重いが」

大道寺の手が滑って、頰から唇へ降りた。上唇を押されて、鳩羽の口から吐息がこぼれる。

「俺たちの目は肥えている。平凡の中の非凡、純真の中の強さ、清純さの中の淫乱《いんらん》。それを見抜く目はピカイチだ。鳩羽は男に抱かれたことはない」

自信満々に言われて、鳩羽は顔をしかめた。

そんなの当たり前じゃないか。普通の男は、女の子に恋をするものだ。抱く、抱かれる、という行為も、男女間で行われるに決まっている。そうじゃない特殊な趣味の人がいることも知ってはいるけど、自分はちがう。

「ついでに、女を抱いたこともない」

鳩羽の顔が、カッと赤く染まった。

だれともつきあったことがない。恋を知らない。

それは、鳩羽の中の密《ひそ》かなコンプレックスで。大学で新しくできた友達には、さも経験があるかのように話を合わせていたけれど、実際は女の子の手を握ったことすらない。

どうして、この男は、それを知っているのだろう。

「それは、鳩羽の体が男に抱かれるためのものだからだ」

なに、その無茶な三段論法。

男に抱かれたことはない。女を抱いたこともない。つまり、鳩羽の体が男に抱かれるためのもの。

…こうやってあげてみると、三段論法にすらなってないじゃないか。

「あの、俺、そろそろ帰らないと親が心配するんで…」

こんな茶番につきあっていられない。今日のお見合いはカジュアルなもので、親の同席は必要ないと言われていた。だから、ちょっと出かけてくる、と告げて、そのまま。

いまが何時なのかまったく見当もつかないけれど、休日はほとんど家にいて、たまに出かけてもたいていは夕食までに帰ってくる息子が、なんの連絡もなしに遅くなったら、さすがに親だって心配するだろう。

…二十五になって、そんな心配をされている、というのも情けない話だけれど。

あ、そうだ、携帯があれば時間も分かるし、親に連絡ができる。夕食の時間が近かったら、ちょっと遅くなる、と伝えればいい。

「親御さんに対しても手は打ってある。きみは、急な研修が入って一週間いないことになっているんだ。部長直々の電話を、親御さんはまったく疑ってなかったそうだよ」

鳩羽はそれを聞いて、目を閉じた。

大道寺の強い瞳にあらがいたくて。そして、いままでのことを自分なりに整理したくて。

部長の話は一週間とちょっと前。お見合いをしたのが今日のお昼。…いや、今日かどうかは分からない。どれだけの間、薬が効《き》いていたのか知らないからだ。

とにかく、お見合いをして、そのあと、どこかで薬を打たれるなり飲まされるなりして意識がなくなり、ここに運び込まれた。脳波は薬が効きすぎていないかの監視の意味で取っていただけで、起きたいまとなっては必要ない。

つまり、鳩羽は交通事故にあったわけでもなく、大道寺が医者であるはずもなく、ここに連れてこられたのは人間オークションのためで、出品されるのは鳩羽自身。

たぶん、これでまちがってない。

ということは、いま、するべきことはただひとつ。

十まで数えよう。

自分を落ち着かせるために十まで数えて、それから動き出そう。

なるべく悟られないように。

ここには大道寺しかいないから、彼にだけ注意していればいい。

鳩羽は胸の中で、ゆっくりと十まで数え始めた。深く呼吸をしながら息を整え、体をリラックスさせる。

なんの薬であれ、その効果は切れた。いまなら、動ける。

…七、八、九、十!
十、と同時にがばっと体を起こした。ベッドから降りてドアへ向かおうとした瞬間、がくん、と体がその場に沈《しず》み込む。
「おとなしくしてればいいのにな」

まるでひとごとのように大道寺がつぶやいた。

「ま、自分の置かれた立場を理解したら、俺でもおなじことするだろうよ。それも、全部、予想ずみ」

「体が…」

鳩羽は呆然《ぼうぜん》と大道寺を見上げる。

「…動かない」

「安静にしていれば平気だったんだが」

大道寺が、鳩羽に近づいてきた。ひょい、とまるで荷物を抱えるかのように鳩羽を腕に抱いて、またベッドに横たわらせる。

「血液の中にはまだ薬が残っている。鳩羽が体を激しく動かせば、その薬が体の中を駆けめぐる。そうすると、一時間前とおなじ、どこも動かせない状況に戻るわけだ。逃げたかったんだろうな。それは分かるし、同情するよ」

うそだ、と、鳩羽は思った。

そんなの、うそだ。

この人、楽しんでいる。

この状況を。

鳩羽が薬のせいで動けないこと。鳩羽が逃げようとしたこと。人間オークションのこと。そして、これから一週間、鳩羽を調教することについても。

すべてを楽しんでいる。

「どうして…」

さっきまで、何を聞いていいか分からなかった。自分の置かれた状況がまったく見えなかったから、質問を思いつかなかった。

でも、いま知りたいことはひとつだけ。

「どうして、俺なんですか?」

色が白くて、従順そうで、すれてない。

その条件に引っかかる人なら、きっと、いくらでもいる。鳩羽じゃなくてもよかったはずだ。

なのに、どうして。

会社のお荷物でしかなく、まったく目立ってもいず、部署の同僚以外の会社の人たちに認識されているかどうかすら怪《あや》しい鳩羽を、なぜ。

「どうしてだろうな」

大道寺は首をかしげた。

「俺のところに回ってくるのは、二人の人間が認可したあとだ。最初に目をつけたのがだれか、それは分からない。ただし」

大道寺が目を細める。

意地悪《いじわる》そうでいて、そのくせ、魅力的な表情。

また目が離せなくなった。

逃げたいのに。

こいつを殴《なぐ》ってでも、ここから逃げ出したいのに。

ううん、逃げなきゃいけないのに。

まるで催眠術《さいみんじゅつ》にかかっているかのように、彼の顔を見つめてしまう。

「俺が承認した以上、鳩羽がオークションにかけられるのは決定事項だ。暇な金持ち連中っていうのは、結構な数がいてな。今回の人間オークションに集まるのは五十人を超えている。商品は四人だか五人だか忘れたが、調教するのは俺だけじゃない。一番いい商品をつくりあげた調教者には、来年、何をするか決める権利が与えられる。特にその権利を欲しいわけではないが、他人に負けるのは業腹《ごうはら》だ」

大道寺が、鳩羽の右手をつかんだ。続いて、左手。それをあわせて、ズボンのポケットから取り出したやわらかい紐《ひも》状のもので、器用に結ぶ。

「だから、逃げてもらっては困るんだよ」

大道寺は束ねられた鳩羽の両手を指さした。

「それをほどこうとするのは自由だが、一応、教えてやると、解《ほど》けないようになっている。ムダな抵抗をするのも自由。一週間後、すばらしい商品に仕上がっていればいいんだから、最初の二、三日は大目に見てやるよ。ただし」

大道寺はにっこりと笑う。

「調教は本気でやるから覚悟をしておけ。一時間、眠っておいたほうが体はつらくなかっただろうに、俺のせっかくの忠告を聞かなかったんだから、自業自得だな」

「い…まから…」

普通にしゃべろうとしたのに。

こんなことなんでもない。おまえなんか怖くない。

それを思い知らせたかったのに。

声が震えた。

「調教…」

「するに決まってるだろ。意識がないときにやったところで、鳩羽の体が素直になるだけで、心まではどうにもできない。だから、起きるのを待っていたんだ。そうだな、まずは」

大道寺の手が、腰のほうに移動した。その手を目で追いながら、鳩羽は自分がバスローブのようなものを着させられているのに気づく。その肌触りを心地よく感じるのは、きっと、中になにも着けていないから。

洋服は、携帯は、時計は。自分が身につけていたはずのそれらは、いったい、どこにいったのだろう。

大道寺がバスローブの紐をほどいた。すぐに、はらり、と左右にはだけて、鳩羽の肌があらわになる。

「本当に白くてきれいだな」

大道寺は感心したようにつぶやいた。鳩羽の全身が、羞恥《しゅうち》で赤く染まる。

「白い肌の上にある、このピンクのもの」

つん、とつつかれたのは、乳首。自分でいじる趣味はないから、初めて人に触れられるそこはつつましく小さなままだ。

「ここで気持ちよくなってもらうことにしよう」

「気持ち…よく…？」

いま触られても、何も感じないのに？

それに、男でも乳首が感じるもの？

「ああ」

大道寺は簡潔に答えた。

「気持ちよく、だ。乳首だけでイケるようになるのは当然のこと、このちっちゃなのが指でつまみやすい大きさになるように、これから毎日いじってやるから、楽しみにしてろ」

どうして、それを楽しみだと思えるのか。

どうして、そんなことをされなきゃならないのか。

どうして、乳首が感じると確信しているのか。

そんな疑問は、口には出さない。

感じなければいい。

乳首をいじられても感じなければ、きっと、大道寺は、自分の見込みが甘かった、と気づくはず。

それまで我慢すればいいだけだ。

「男に抱かれるための体っていうのは、たしかにあるんだ」

鳩羽の考えを見透かしたように、大道寺がにやりと笑った。

「それを証明してやる」
大道寺の指が、もう一度、鳩羽の乳首をつついた。
だけど、やっぱり何も感じなくて。
ざまあみろ、と思った。
自分は、男に抱かれる体じゃない。
乳首なんて感じないし、調教される価値もない。
見込みちがいだ、ざまあみろ。
そんな思いを込めて大道寺を見ると、彼は笑っていた。
自信満々な表情で、余裕たっぷりの笑顔で。
その笑顔が崩《くず》れるのが早く見たくて、鳩羽は体の力を抜く。
好きなだけ、乳首をいじればいい。
ムダだった、と納得するまで、触り続ければいい。
鳩羽も笑顔を浮かべた。
勝利を確信しているのはこっちのほうだ、と言いたくて。
大道寺の見立てがまちがってることを、教えたくて。
勝ち誇《ほこ》った笑顔を。

2

あのまま指でなぶられるのだと思っていたら、ちがった。大道寺はいったん姿を消すと、ガラスのボウルを持って戻ってきたのだ。その中には、きらきらと光る丸くて透明なもの。大きめのビー玉だろうか、とじっと見ていると、大道寺がそのうちのひとつを取り出す。その丸いものから、つーっ、と一筋、液体がこぼれた。それが肌に当たり、鳩羽は、思わず、小さなうめき声を漏《も》らす。

「あっ…」

普通の液体よりも、もっと冷たい感触に、鳩羽はとまどった。

ビー玉じゃなくて、だけど、おなじぐらい丸くて、冷たい液体をこぼす物体。

そんなものに心当たりなんかない。

「素手で持ってたら凍傷になりそうだな」

大道寺はだれに聞かせるともなくつぶやくと、いったん、その丸いものをボウルに戻して、外科医が手術のときに使うような薄い手袋を取り出した。

ラテックスとか言うんだっけ。

ドラマで見た知識を総動員して、鳩羽はそんなことを考える。

手袋に意識を集中させていないと、恐怖に襲われてしまいそうで。

大道寺が持っているものはなんだろう。それで、何をするつもりなんだろう。

指でいじられてもまったく感じなかったから、余裕を持っていられたけど。

もしかして、大道寺が用意したものはだれでも乳首が感じるようになる秘密兵器か何かで。

鳩羽もそうなってしまうのかもしれない。

自分の意思に反して。

ぞくり、と、背中を寒気《さむけ》が走った。

だけど、それを認めたくなくて、鳩羽はわざと明るい声を出す。

「それは、なんですか?」

こんなやつに丁寧《ていねい》な口をきいてやる必要はないと分かっているのに、会社員とは悲しいもので。

なんなの、と言おうとした瞬間、大株主、という言葉が頭に浮かんだ。

怒らせてはいけない大株主。

すると自然にうかがうような口調になっていた。

開発する、だの、人間オークションだの、わけの分からないことを言う相手に。

見たこともない道具を使って、鳩羽を追いつめようとしている人に。

気を遣《つか》わなくてもいいだろうに。

会社に戻ったときに、と考えてしまった。

もし、タメ口をきいて、大道寺の心証を害してしまったら。

総務に戻ったときに、大道寺を怒らせたことが裏目に出るかもしれない。そのせいでクビになることもおおいにありうる。

仕事ができなくてクビになるのはかまわないけれど。

大道寺がらみで仕事を失いたくない。

自分は何も悪いことをしていないのだから、なおさら。

「氷」

大道寺はたったひとこと、そう答える。

氷？　氷って、あの水を凍らせた？

その瞬間、さっきの冷たさに納得がいった。氷の表面が溶けて、それがしたたってきたのなら、普通の液体よりも冷たく感じて当然だ。

「氷で、いったい何を？」

「おまえは質問魔か」

大道寺は、ふん、と鼻を鳴らした。

「乳首を調教する、とさっきも言っただろうが。さっき、ちょっといじってみたが、どうやら、それだけでは感じなかったみたいだな」

ほらね。

鳩羽は優越感を覚えながら、内心で思う。

だから、男に抱かれるための体、なんて評価そのものがまちがってるんだよ。もし、本当にそうだとしたら、乳首をいじられただけで感じてしまうはず。なのに、まったくそうじゃなかった。

結論。

大道寺の見込みちがい。

だったら、さっさと解放してくれないだろうか。一週間たっても、どうにもならないのは分かりきっているのに。

「つまり、乳首をいじられることと快感中枢《ちゅうすう》が、まだ直結してない、ということだ」

まだ？

強調されたその言葉に、鳩羽は眉をひそめた。

まだ、ってどういうこと？　これから先、があるみたいな言い方をされても困るんだけど。

「ならば、それを結んでやればいい。乳首への刺激が気持ちいい、と、おまえの脳に分からせてやればいい」

鳩羽は、思わず、脳波を測定する機械に目をやる。あれを使われるのだろうか。あれで、気持ちいいかどうかを判定して、自分を開発するつもりだろうか。

鳩羽の視線の意味が分かったのだろう、大道寺は肩をすくめた。

「あんなのものは、いらない」

大道寺は自信満々な表情で、鳩羽を見る。

「寝てるか起きてるかは、見ただけで判断はできないが、感じてるかどうかなんて、すぐに分かる。その点に関しては、ＢＩＳよりも俺のほうがはるかに有能だ」

「感じ…なかったら…」

鳩羽は大道寺に圧倒されそうになりながらも、なんとか言葉を発した。

「俺のこと、あきらめてくれますか?」

「あきらめる?　どういうことだ?」

「大道寺さんから聞いたこと、絶対にだれにも漏らしません。お金持ちの人たちの道楽のことも、人間オークションのことも。だから…」

ごくり、と、鳩羽はのどを鳴らす。

「だから、乳首で感じることができなかったら、俺のこと逃がしてもらえますか?」

「いいぞ」

大道寺は、あっさりと答えた。そのことを、逆に、鳩羽は不気味に思う。

どうして、迷いもなくうなずけるのだろう。

「俺が、本当に口外しないか心配じゃないんですか?」

そうですか、とほっとしていればいいのに、鳩羽は疑問をぶつけていた。大道寺はうすく笑う。

「口外しようがしまいが、そんなのなんの関係もない」

大道寺は丸い氷を手に取る。ぽたん、ぽたん、と、そこからは断続的に溶けた水がこぼれていた。

「さっきも言ったが、金とは権力だ。たかが一企業の総務課員が、違法の人間オークションをやってる人たちがいます、と警察に駆けこんだところで、もみ消されて終わり。それだけの力が、こっちにはある。だから、鳩羽が口を割ろうと、そんなことはどうでもいい。ただし」

大道寺は、そこで目を細める。

「鳩羽にとってはおおちがいだけどな。ひとことでも口外したら、それなりの制裁が行われると思え。信じるもよし、信じないもよし。いいか、一応、忠告はしたからな」

その口調はあまりにも淡々《たんたん》としていて。

いままでも、こうやって、だれかを脅《おど》してきたんだろうな。

それが、すんなりと納得できて。

もともと言うつもりはまったくなかったのに、絶対に言うまい、と新たに決意するぐらいには怖い。それも、直接的な恐怖というよりは、じわじわと染み込んでくるようなもの。

「それと」

大道寺は氷を鳩羽に近づけてきた。垂れる水は、シーツに吸い込まれて音を立てない。

「俺が、いいぞ、と言った意味をよく考えたほうがいい」

いいぞ、って、開発しても商品にならなそうなものに興味はないから、もし感じなかったら逃げてもいい、ってことなんじゃないの？　意味なんて、ほかにありそうもないんだけど。

「勉強がよくできる、というのと、日常生活において勘《かん》が鋭《するど》い、というのは、ちがうものなんだな」

大道寺の言葉に、鳩羽は目を見開いた。

この人、俺のことどこまで知ってるわけ⁉

そんな鳩羽の様子がおもしろかったのか、大道寺はくすりと笑う。

「オークション商品の下調べをしていないわけがないだろう。俺は、もしかしたら、鳩羽自身よりも鳩羽のことを知っているかもしれないぞ」

大道寺の腕が移動して、鳩羽の体の上にかざされる。ぽたん、と肌に触れた液体は、鳩羽の体を跳《は》ねさせた。

「冷たっ…」

「そういえば、氷をいったいどうするのか、詳しく聞きたがっていたな」

鳩羽は、ぶんぶん、と首を横に振る。

知りたくない。聞きたくない。

いまとなっては、いやな予感しかしない。

「氷で乳首を冷やして、感覚を鋭くさせる。いまは、まだちっちゃいままの乳首を、氷でとがらせて、じんじんさせて、それを快感だと体に覚え込ませるために、な。ついでに、丸い氷にしたのは、角でつついて痛みを与えたりしないように、だ。いろいろ考えているだろう?」

ウインクをされても、恐怖が増すだけ。

聞かなければよかった。何をするか教えてもらわなければよかった。

氷で乳首をつつかれる。

それがどんなことか、想像もしたくない。

絶対に感じないだろうけど。

いや、だろう、じゃない。絶対に感じないけど。

その行為そのものは、けっしてされたくはない。

「それでも、感じなかったら…」

のどが渇《かわ》く。それと同時に、のどの奥がはりついたみたいな感覚。だけど、思い切って、言葉を出す。

黙《だま》ったままだと、恐怖に全身を支配されそうで。

「解放してくれるんですよね?」

「いいぞ」

また、あっさりと。だけど、今度は意地悪《いじわる》そうな笑顔つきで。

それを見て、鳩羽の不安がますます募《つの》る。

「感じなかったら、な」

まるで、そんなことありえない、みたいな口調に、さっきの答えをようやく見つけた。

なるほど。

感じないわけがない。だから、解放する必要がない。でも、質問の答えがほしいなら、タダだからいくらでも言ってやる。

そういう意味での、いいぞ、だったのだ。

冗談じゃない。

恐怖に、そして、不安に負けそうになる心を奮《ふる》い立たせて、鳩羽は決意した。

絶対に感じない。だいたい、指でだめだったものが氷でどうにかなったりするものか。

やってみればいい。

絶対に、負けない。


「…っ」

鳩羽は唇を噛《か》んで、声を飲み込んだ。じんじんとした感触が、乳首から伝わってくる。氷で右の乳首をつつかれて、鳩羽の体が、びくん、と跳ねた。

「そろそろ、我慢できなくなってきたんじゃないか?」

そんなことない、と答えたいのに、ちがうものが漏れてきそうで、容易《ようい》に口を開けない。

ちらり、と自分の体を見下ろすと、右の乳首が真っ赤になっていた。氷でなぶられた時間はそんなに長くはないので、凍傷ではない。

どうして、とは考えたくなかった。答えを導き出したくなかった。

また氷を滑《すべ》らされて、鳩羽は体をよじってそれから逃れようとする。

「どうかしたか?」

からかうような口調で、大道寺が聞いてきた。鳩羽は、ぶんぶん、と首を横に振る。

どうもしない。

こんなことされても、なんでもない。

「鳩羽が何も感じなかったら、解放してやる。そういう約束だったよな?」

大道寺に確認されて、鳩羽は、今度は、こくこく、とうなずいた。

「なんで、何も言わないで首を横に振ったり、縦に振ったり、だけなんだ?　ちゃんと言葉にしてみろ」

大道寺の指が動いて、氷が乳頭に触れる。鳩羽の唇から、とうとう、甘い声がこぼれた。

「やっ…」

「おやおや」

大道寺がにっこりと笑う。

「そんなに言葉を発するのがいやなのか？　氷で乳首をなぶられるのがいやなのか？　それとも」

そこでいったん口を閉じると、じっと鳩羽を眺《なが》めた。

「まったく別の、いや、なのか。とても興味深いな」

冷たさと、そして、もしかしたらちがうものとで、ぴん、ととがっている乳頭を氷で上下になぞりながら、大道寺はつぶやく。鳩羽はなんとか返事をしたいのに、それができない。

さっきみたいな声を、また出してしまったら。

今度は、もっと甘くなったら。

そう考えると怖いから。

だから、ぎゅっと唇を嚙んだ。なのに、氷が動くと、それは、すぐにほどけてしまう。

乳頭を何度か氷で撫でてから、大道寺の指は左に動いた。その間、ぽた、ぽた、と水滴が肌の上に垂れる。鳩羽は、びくん、と震えながら、どうにかそれをやりすごした。

氷だけじゃなくて、水滴にも翻弄《ほんろう》されそうになっている。

それを認めたくなくて。

左の乳首は、まだ何もされていないから、ちっちゃくてピンクなまま。氷でしばらくいじら

れた右側は真っ赤で、普通よりも少しだけ大きくなっている。その対照的な光景に、目をそらしたくなった。

感じてなんかいないのに。

これから先、感じるつもりもないのに。

なのに、右の乳首は、氷がなくなったいまも、じん、としびれたような感覚を鳩羽に与えている。

これは快感じゃない。

鳩羽は自分に言い聞かせた。

冷たさに反応しているだけ。だから、しびれたように感じるだけ。

こんなの、全然、快感じゃない。

それをきちんと把握《はあく》しておかないと、とんでもないことになる。

でも、と鳩羽は思った。

この感覚がずっと続いたらどうしよう。

そう考えた瞬間、ぞくり、と背中を悪寒《おかん》が走った。

左も真っ赤にされたら。両方とも、ぷつん、ととがったら。そして、じんじんしびれているのが二箇所に増えたら。

そのあと、どうなってしまうのだろう。

その恐怖に、大道寺の手から目が離せなくなる。

あの氷を当てられて、さっきみたいに冷たい思いをして、うっかり、おかしな声を出してしまったら、また勝ち誇った顔で何か言われるに決まっている。

だから、しっかり意識を保たないと。

氷に、ちゃんと対応しないと。

大道寺は鳩羽を見て、うっすらと微笑《ほほえ》んだ。

「何も知らないってのは、いいな」

それがなんのことか分かっているけど反応なんかしてやらない。だいたい、セックスの経験があったところで、それは自分がする側の立場。

いまの鳩羽みたいに、ベッドに横たえられて、動けなくされて、両手を縛られて、だれかに何かをされた経験がある男のほうが少ないだろう。

「すれた人間なら、つぎに何をされるのか、うっすらと予想もするだろうし、いままでの経験から、それがどんなふうな快感をもたらすのかも、ある程度は計算できる。だが、鳩羽のようにまっさらなのは」

大道寺は手をぎゅっと握り込んだ。その中には氷が入っているはずで、そうやって隠してしまえば意味はない。

それとも、あきらめてくれたのだろうか。

ほとんどない可能性だと分かっていながらも、鳩羽は願望まじりでそう思う。

氷で右の乳首をいじっても、大道寺の思うような反応をしないから、終わりにしようとしてくれているのだろうか。

鳩羽を解放してくれるのだろうか。

「俺の行動にいちいちびくついてくれて、とても楽しい」

「びくついてなんか…いやぁっ…」

大道寺が手を開いた。指の隙間《すきま》から、冷たい液体がつぎからつぎへと左の乳首に落ちてくる。

乳頭、乳輪、あらゆるところに当たるそれは、やわらかく、だけど、確実に乳首を刺激した。

「あれあれあれ？」

大道寺は目を細める。

「いま、最後、おかしな声を出さなかったか？」

「出してなっ…あっ…やっ…」

ぽつん、ぽつん、とさっきよりもゆるやかに水滴が乳首を襲った。大道寺は手の中の氷をボウルに戻して、また新たな氷を取り上げる。すくうような動きは、ボウルの中で溶けた水分を拾っているからだろう。

ぞくん、と、さっきまでとはちがう意味で体が震えた。

ぞくぞくぞく。

体中に、その感覚が走る。

ちがう、ちがう、ちがう。

鳩羽は激しく首を横に振った。

これはちがう。そうじゃない。

恐怖だ。また水滴を落とされる恐怖。

それに決まっている。

「そうか。俺の聞きまちがいか」

大道寺はあっさりと納得した。それがよけいに鳩羽の不安をあおる。

別にいま認めなくてもいい。どうせ、これからたっぷり時間はあるからな。

そんなことを言われているようで。

だけど、いまはひとまず逃《のが》れられた、そのことにほっとした瞬間、また水滴が左の乳首に落とされた。今回は声を上げる前に、唇をきちんと噛みしめる。

経験があったほうが予想しやすい、という大道寺の言葉は、たしかに真実だ。

「覚えが早いな」

大道寺にもそれが分かったのか、くすり、と笑いながらつぶやいた。

「だが、俺が何度もおんなじことをすると思うな」

鳩羽がその意味を把握する前に、大道寺の手が動く。さっきまでなぶられて、真っ赤になっている右の乳首の上に、溶けた水が全体を覆う程度にこぼされた。

「いやぁぁっ…」

鳩羽はのけぞりながら、大きな声を漏らす。

我慢はできなかった。

じんじんとしびれている乳首に冷たい水滴を当てられて。そのあとも、ぽた、ぽた、と断続的にこぼされて。

我慢なんかできるはずがなかった。

あえぎじゃない、と自分をごまかすことすらできない、はっきりとしたそれに、鳩羽は泣きたくなる。

感じるつもりじゃなかったのに。

こんなふうになる予定では、まったくなかったのに。

しばらく氷でなぶられたあと、全然気持ちよくないです、と言い放って、ここを堂々と出ていくつもりだったのに。

大道寺はボウルにもう片方の手を入れて、新たな氷をつかんだ。

「いまのは、なんだ?」

「なっ…でもなっ…」

それでも認めるのはいやで。

負けた、と思いたくなんかなくて。

鳩羽は意地を張り続ける。

「そうか。なんでもないか」

どうやら、大道寺はまだまだ鳩羽を追いつめるつもりらしい。両手に持った氷を乳首に近づけてくる。

鳩羽はその光景を見たくなくて、ぎゅっと目を閉じた。氷の冷たさを、両方の乳首で感じる。

「やっ…やぁっ…」

声を止めることはできなかった。

だけど、それと感じることは一緒じゃない。

大道寺の指摘がないかぎり、自分から認めるつもりはまったくない。

だから、声を出す。

いやだ、と。

感じてるわけじゃなくて、いやだ、と。

口にし続ける。

氷が右の乳頭をこすると同時に、左の乳首を下から押し上げた。氷はすぐに滑って、乳首の上を通過する。

「やっ…やだぁっ…いやっ…」

鳩羽は大きく首を振りながら、そう告げた。大道寺がささやく。

「何がいやなんだ?」

「氷…冷たいっ…」

「氷は冷たいに決まってるだろ。だけど、きちんと、鳩羽のことを思いやって、あまり当てないようにしてやってるんだ。そこまで冷たくはないはずだぞ」

うそだ。そんなの、うそ。

こんなにじんじんするのは、氷のせい。ほかの要因なんてありはしない。

「感じると認めたら、氷は許してやる」

「感じてなっ…やっ…全然っ…気持ちよくないっ…」

「楽しいな」

唐突に、大道寺はそう告げた。

「初物を調教するのはめんどうなばかりだと思っていたが。なかなかに楽しい。すぐに折れないところも、体が簡単に反応するからうそをつけないところも、すべてがおもしろい」

「どっ…いう…意味…」

「鳩羽がずっと前から感じてることは、よく分かってる」

鳩羽は、思わず、目を見開く。大道寺がにやりと笑った。

「どんなに声を出さないように我慢したところで、男というのは悲しい生き物だな。気持ちよければ反応する場所があるんだ」

鳩羽は息を飲む。

そんなわけがない。反応しているわけがない。

もし、そうだとしたら、自分に分からないわけがない。

大道寺が、すっ、と両手を上に上げた。それから、体も少し横にずらす。いままで、大道寺の陰に隠れて見えなかった部分が、目に飛び込んできた。

「結構前から、ずっとそんなんだぞ」

完全じゃない。

そう反論することもできたけれど。

まだ完全には勃《た》ちあがっていない。だから、感じてない。

でも、そう言ったら、少しは屹立《きつりつ》していることを認めることになってしまう。

鳩羽はぎゅっと唇を噛んだ。

どうすればいい?

どうすれば、この窮地《きゅうち》を逃れられる。

「とはいえ、鳩羽の意思とは関係なくここが反応している可能性もあるから、猶予《ゆうよ》をやろう」

大道寺は鳩羽の顔をのぞき込む。

「鳩羽が、気持ちいい、と、この唇で告げるまで」

唇、という言葉と同時に、そこに氷を当てられた。ひやりとした感触に、ぞくり、と、また体が震える。

「感じてないということにしてやる。解放されたきゃ、せいぜいがんばるんだな」

その自信満々な大道寺の表情に、鳩羽の反抗心がむくむくと湧《わ》き起こった。

気持ちいい、と言わなくていいのなら、この勝負、まだついていない。

声をどれだけあげても、たとえ、それがあえぎに似ていても、そのひとことを言わなければすむ。

一時間もすれば、きっと、大道寺もあきらめるだろう。

そのぐらい、我慢できる。

ちょっと冷たいぐらい、そして、ほんのちょっとの快感ぐらい、人間オークションにかけられることを思えば、なんでもない。

「言わなければ…」

いまは乳首に何も触れていないから、普通の声が出せた。

「本当に解放してくれますか?」

「さっきも、おなじようなこと聞かれた気がするが、俺は約束は守る。『感じなかったら』というのを、『気持ちいい、って言わなければ』に条件をゆるめてやったんだ。そろそろ信用してくれてもいいんじゃないか?」

薬を使って人をさらって、調教してから人間オークションにかけようとしているやつの、どこを信用すればいいんだか。

だけど、そんなことを言ってもどうしようもないので、鳩羽は素直にうなずいておくことにする。

「分かりました。信用します」

気持ちいい、と言わなければ。

鳩羽は自分に言い聞かせた。

そうすれば自由の身だ。

大道寺が手に持った氷を替えるのを見ながら、鳩羽は体全体に力を入れる。

絶対に言わない。

気持ちいい、なんて、絶対に。


「やっ…もっ…許してぇ…」

びくん、びくん、と何度も体を震わせながら、鳩羽は頼んだ。氷が乳首に当たるたびに、声が漏れる。さっき見たときは、乳首は両方とも真っ赤に熟《う》れて、ぷつん、ととがっていた。

我慢できない。

そう思ってから、もう何分たったのだろう。

これ以上は、無理。このまま氷でなぶられ続けたら、体中に広がる感覚に負けてしまいそうだ。

腰のあたりも、はっきりと重くなってきている。そこに血が集まっているのが、自分でも分かった。

だけど、言いたくない。降参したくない。

これから一週間調教されて、そのあと、どこのだれとも分からないやつに売られたくなんかない。

「許してやる」

大道寺は優しくささやいた。その声の甘さに、鳩羽は負けてしまいそうになる。

さっきから、おなじことを言われ続けていた。

許して、と願うたびに、気持ちいいと答えたら許してやる、と。

鳩羽が首を横に振って否定すると、しばらく休んで。

もしかして、あきらめてくれたのだろうか。

鳩羽がそう思い始めたころに、また乳首への刺激を再開される。

ずくん、ずくん、と乳首の中のほうから響いてくるかのようなうずきに、いったいいつまで耐えられるのか、鳩羽はその自信がない。

いつかはこの責めも終わる。

それだけを心の支えにがんばってはいるけれど、その前に、体のほうが音を上げそうだ。

「本当に意地っ張りだな」

大道寺が少しだけあきれたような声でつぶやく。

うん、そうだよ。

口には出さずに、心の中だけで鳩羽は答えた。その間も、唇からはひっきりなしにあえぎが漏れている。

だから、あきらめたほうがいいよ。意地っ張りさ加減なら、絶対に俺の勝ちだから。

負けたらオークションにかけられる、という条件があるなら、なおさら。

まるで自分を鼓舞《こぶ》するように、鳩羽はそんなことを思う。

「じゃあ、そろそろつぎの手段にいくか」

「…え?」

鳩羽は驚いて、大道寺を見た。大道寺は氷をボウルに戻して、手袋を外す。

「つぎ…って」

「さすがに氷を当て続けると、しもやけになるかもしれないしな。知ってるか? 乳輪と肌の境目」

言葉と同時に、大道寺はそこを、つーっ、と指でなぞった。

最初のときは、なんとも思わなかったのに。そんなことされても、まったく感じなかったのに。

さっきまで冷たいものが当てられていたそこは、大道寺の肌の熱を喜ぶかのように、ふるん、と震えた。鳩羽も小さくあえぐ。

「ここの皮、むけやすいからな。一週間後、商品になったときにかさぶたになってても困るし。きれいな肌のままでいてもらわないと、値段が下がる」

「じゃあ…もう…」

鳩羽は、ごくん、とのどを鳴らしてから、ささやくように言った。

「許してくれるんですか?」

「つぎの手段、って言葉が、おまえを許す、という意味に聞こえるんだったら、すごくめでたい性格をしてるぞ」

大道寺は肩をすくめる。

「つぎって言ったらちがうことをするに決まってるだろ。気持ちいいと言わなければ解放してやる、と約束をしたが、何時間後までに、とは決めてない。つまり」

大道寺がにやりと笑う。

「鳩羽が、気持ちいい、と口にするまで、手段を変えて、乳首をなぶり続けるだけだ。いいか、最初に言ったとおり、俺は勝負に負けるのが大きらいだ」

大道寺はベッドから降りた。

「それが、たとえ、どんなささいなことでも。いまみたいに、気持ちいいと言うかどうか、みたいな、そんな賭《か》けでも、だ。鳩羽には経験がまったくない。俺にはありあまる経験がある。だとしたら、この勝負、見えてると思うんだがな」

大道寺の言葉に、鳩羽は何も答えられない。

この人、怖い。

そう思うと同時に、恐怖感が全身を満たす。

本気なんだ。

それが、いま、この瞬間になって、ようやく分かった。

この人、本当の本当に本気なんだ。

鳩羽を調教しようとしているし、人間オークションで高く売ろうとしているし、どんなに時間をかけても、気持ちいい、と言わせようとしている。

ぞくり、と背中を寒気が走った。

怖い。すごく怖い。

日曜日のお昼まで、自分の人生は平凡に続くのだと思っていた。いつかは恋人もできて、その人とかどうかは分からないけれど結婚をして、子供をつくって。うまくいけば会社をクビにならず、六十五になったときに年金がちゃんともらえるかどうか、いまの状況でははっきりしないから、その間、老後に困らないだけのお金を貯めて、定年退職したあとはのんびりと暮らす。

そんな生活を送るのだろう、と、ぼんやりと考えていた。

だけど、それが変わろうとしている。

大道寺隆稔によって。そして、何人いるか分からない大道寺の仲間たちによって。

気持ちいい、と言ったら楽になれるのだろうか。

ふいにそんな考えが浮かんで、鳩羽は慌ててそれを打ち消した。

そんなことない。もっと苦しくなるだけ。

逃げられないと分かって、これから一週間。そして、売られてからは一生。

慰《なぐさ》み者としてひどい扱《あつか》いを受ける日々が続くだけ。

だから、屈しない。

何をされようと、どれだけ時間をかけられようと、我慢しきってやる。

鳩羽は強い目で大道寺をにらんだ。大道寺が、ほう、とつぶやく。

「なるほど。まだ意地を張る、と。それは楽しみだ」

見栄でもうそぶきでもなんでもなく、心底楽しそうに大道寺は言った。そのことが、ますます鳩羽の恐怖をあおる。

だけど、ここで折れるわけにはいかない。

「甘いもののあとにはしょっぱいものが食べたくならないか?」

突然の話題変換に、鳩羽は眉をひそめた。いまの状態とその質問が、なんの関係があるのだろう。

「正反対のものは魅《ひ》かれあう。つまり」

大道寺は目を細める。

「冷たいもののあとはあったかいもの。ちょっと待ってろ」

待ちたくない。

これ以上、何もされたくない。

「冷えた乳首を、あっためてやる」

いやだ、と言いたかった。

だけど、言えなかった。

気持ちいい、と素直に口にするならやめてやる、と答えられるのは分かっていたから。

だから、鳩羽はぎゅっと唇を噛んで、大道寺をにらみ続ける。

負けない、と意思表示をするために。

折れそうな自分の心を、どうにか正気に保つために。

「だから、ムダだって言っただろうが」

大道寺が部屋の中に入ってくるのを見て、鳩羽は小さくため息をついた。

やっぱりダメだったか。

その気持ちが強い。

もしかしてほどけるんじゃないだろうか、と一縷《いちる》の望みにすがりついて両腕を動かしたら、紐は逆に食い込むばかりで。やわらかいから痛みはないものの、絶望感は大きくなる。

逃げられない、ということを実感するから。

「まあ、この状況になってもあきらめてないところは、おもしろくていいけどな」

大道寺が今回持ってきたのは、やはりボウル。ただし、今度は透明じゃない。ステンレスだか陶器だか、さっきよりも大きめのボウルが二つ重なっていた。ちゃぷ、という音が聞こえてくるから、今回もまた液体なのだろう。

氷のつぎはお湯か。

大道寺の単純な思考に、少しだけ鳩羽はほっとした。氷で冷やされた乳首は、まだじんじんしているけれど、液体をこぼされるとどうなるか、さっき、さんざん溶けた氷水で経験させられている。お湯ぐらいなら、我慢できるはずだ。

「何を考えてるか、よく分かって楽しいな」

大道寺がにっこりと笑う。

「このボウルの中身がお湯だと思ってるんだろ」

「…ちがうんですか?」

そんなわけがない。正解だったから驚いてるだけだ。それなのに余裕を装《よそお》って、鳩羽より上に立とうとしているに決まっている。

絶対に、そう。

「だとしたら、どうしてボウルがふたつも必要なんだ?」

大道寺の疑問に、鳩羽はうっとつまった。たしかに、氷のときはひとつしか持ってきていなかった。わざわざお湯をふたつに分ける必要はない。

「まあ、ヒントをやるとしたら、下のほうにはお湯が入っている」

ほらね。

鳩羽はそう言おうとして、口をつぐむ。

下のほうには? 上じゃなくて? じゃあ、上には何が入ってるわけ?

そのとき、はっと答えが浮かんだ。

湯煎《ゆせん》。

ボウルをふたつ使うのも、透明じゃなくて保温性が高そうなボウルを使っているのも、下にだけお湯が入っているのも、湯煎をするためだとしたら納得がいく。

だけど、分からない。上のボウルには何が入っているのだろう。

「分かったみたいだな」

鳩羽の表情を読んだのか、大道寺は満足そうにうなずいた。

「大学までの成績がよかった、というのは、どうやら本当らしい。そう、おまえの思っているとおり、上のボウルの中のものを湯煎しているんだ」

「何を…」

そこで、知らず知らずのうちにのどが鳴る。

怯《おび》えてなんかない。

鳩羽は自分に言い聞かせた。

大丈夫。湯煎は高温だと焦《こ》げるようなものを溶かすための手段。大道寺だって、素手《すで》でボウルを持っている。

だから、あれは熱湯じゃない。

「湯煎しているんですか？」

答えを知っていたほうが、心の準備ができる。鳩羽の問いに、大道寺はにっこりと笑った。

「お湯で適温に保たれている状態だと溶けていて、空気に触れて温度が下がると固まるものはなんだと思う？」

「そんなの…たくさんありすぎて分かりません」

代表的なものといえばチョコレート。だけど、チョコレートを溶かしたなら、最初に匂《にお》いで気づくはず。チーズ、バターなども、香りが強そうだ。

鳩羽は鼻に意識を集中させて、辺りの匂いを嗅《か》ぐ。かすかに甘い香りがするものの、チョコレートかも、と最初に考えたことが影響しているだけかもしれない。

「だろうな」

大道寺は、ぎしっ、と音を立てながらベッドに登ってきた。すると、やはり、甘い香りが少しだけ強くなる。だけど、そんなに強烈ではなく、似たようなものをどこで嗅いだのかも思い出せない。

「だったら」

大道寺はボウルの中に指を入れた。え、と思う間もなく、鳩羽の肌の上に透明な液体がこぼれる。

熱い、というよりは、温かい。人肌よりも少し高いか、おなじぐらいだろう。おなかの上に落ちたそれは、みるみるうちに固まっていった。

…これは、何?

大道寺は透明度が落ちて白っぽく見えるそれを肌からはがすと、鳩羽の口元に持ってくる。はがされたときも、痛みはまったくない。

「口を開けろ」

「…いやです」

「口を開けるか、気持ちいい、と言うか、どっちかを選べ」

「そんなの…」

無茶です、と反論しようとしたら、大道寺が強い目で鳩羽を見た。

「気持ちいい、と言わせるためになら、俺はなんでもする。解放してほしいなら、おまえはそれを甘んじて受けて耐える。そういう約束だったよな」

ちがいます、とは言えなかった。

感じなかったら解放してやる、のままなら、とっくに自分の負けなのに、大道寺は譲歩したのだ。これ以上は、さすがに無理だろう。

鳩羽は震える唇を、どうにか開いた。中に入ってきたものは、想像していたよりもやわらかくて、舌の上ですぐ溶けてしまう。

口に含んで、ようやく分かった。

これはアメだ。それも、砂糖とお水だけで作るような、単純なつくりのアメ。

なんだ、よかった、とほっとした瞬間、右の乳首にそのアメが落とされるのを感じた。

おなかは大丈夫だったのに。そこだと平気だったのに。

「やぁっ…！」

氷で冷やされて敏感になっている乳首は、ほんのちょっとの熱にも反応する。じん、とした感覚が、ちくちくしたむずがゆいものに変わって、そこをいじりたくなってしまう。

「熱かったか?」

大道寺がしらじらしく聞いてきた。

「一応、さっきのは火傷《やけど》しないかどうか試しで垂らしてみたんだが。乳首のほうが肌が薄いのかもな。どうだ? 熱すぎるならもう少し冷ますが」

熱い、とか、熱くない、とか、そういう問題じゃない。じゃあ、どんな問題なのかと聞かれても、それにも答えられない。

むずがゆさは、どんどん増してくる。

「熱く…ないですっ…」

もし、『熱い』と答えたら、『分かった、それなら冷ましてくる』と、大道寺は部屋を出てしまうかもしれない。そうすると、またこのまましばらく放っておかれることになる。そんなの、ごめんだ。

「そうか。なら、このまま続けるぞ」

お湯のほうのボウルに入れてある小さなスプーンを取り出して、大道寺はアメをすくった。それをまだむき出しの左の乳首に、一気にかける。

「あっ…んっ…」

二回目だったせいか、声を抑えることができた。だけど、ちくちくとした刺激がだんだん強くなるのは変わらない。

大道寺は固まったほうのアメに手を伸ばすと、それを、するり、とはがした。これもまた、おなかとちがって、ちくり、とかすかな痛みがある。

だけど、鳩羽はほっとしていた。

ずっとアメで覆われているわけじゃない。固まったら取ってくれるんだ。きっと、何度もそれを繰り返されるんだろうけど、分かっていたら、きっと耐えられる。

大道寺はアメをじっと見つめて、ふーん、とつぶやいた。そのまま、しばらくアメを眺め続けている。

「なんですか…?」

放っておこうと思っていたのに、不安のあまり、そう口にしていた。大道寺は手に持ったアメを鳩羽に見せる。

「おまえの乳首の型が取れたな、と思ってさ」

その言葉に、鳩羽の頬が朱《しゅ》に染まった。

恥ずかしい、恥ずかしい、恥ずかしい。

乳首の型って何!?　そんなの取ってどうするの!?

…勝てないかもしれない。

鳩羽は唇をぎゅっと嚙む。

認めたくないけど。そんなの納得したくないけど。

……この人には勝てないのかもしれない。

ぎりぎり耐えて、耐え抜いて、それでも屈服せざるをえないと分かったとき、自分はいったいどうなってしまうのだろう。

鳩羽は、ぶんぶん、と首を横に振った。

そんなこと、いま考えてもしょうがない。

まだ、負けてない。ぎりぎりでもいいから、この状況にしがみついていれば、打開策はきっと見つかる。

そう信じる。

信じないと、心が折れてしまいそうだから。

「アメよりも融解温度が低いものをここに入れて固めたら、いじられて大きくなった鳩羽の乳首がいつでも眺められるってことか。それも楽しい」

頬が赤くなるのを止められない。体まで羞恥で紅《くれない》に染まる。

それを狙っているのだとしたら。

恥ずかしさのあまり、鳩羽が降参するのが目的なのだとしたら。

その手には、絶対に乗らない。

「ああ、こっちも固まってきたな」

左の乳首をつつかれて、鳩羽の唇からかすかに声が漏れた。

いくつでも乳首を作ればいい。それを勝手に並べていればいい。

棚の上に無数の乳首が載っているのを想像したら、なんだか笑えてきた。

まだ、大丈夫。

笑えるうちは、心も折れない。

また指ではがされるのかと思ったら、今度はちがった。大道寺の顔が、そこに近づいてくる。

え？　え？　え？

鳩羽は目を丸くして、大道寺の動きを追った。

何をするつもり？　はがすなら、そんなに接近しなくてもいいだろうに。

大道寺はもうそろそろ乳首に鼻先がつくまで顔を寄せてから、鳩羽を見上げる。にやり、と笑って、それから舌を出した。

「鳩羽が目を覚ましたら、どうやって調教してやろう、って考えすぎて、さすがに脳の糖分が不足し始めたらしい。いま、すごくアメが舐《な》めたい気分だ」

「だったら…」

鳩羽は大道寺の舌から目を離せない。

いまの言葉と大道寺の行動。

それが何を示しているのか、分かってしまったから。

やめてほしい。

そんなことしないでほしい。

氷で冷やされる前なら。乳首が感じることを知ってしまう前なら。

なんでもすればいい、と余裕で見守れたのに。

あの舌がどんな動きをするのか、気になってしょうがない。

指でもない、氷でもない、アメでもない、人の舌というものがどんな感触なのか、それを考えただけで、背中を、ぞくり、と何かが駆け上がる。

調教をするのが、大道寺の本職ではないのだろうけど。さすがに頼まれるだけのことはある。

まったくもってその素養がないはずの自分が、こんなに短時間で体を変えられてしまっているのだから。

気持ちいい、と口に出してないだけ。

それは、おたがいに分かっている。

鳩羽が感じていることを、鳩羽自身はもちろんのこと、大道寺だって承知している。

あとは、鳩羽が言うかどうかだけ。

だからこそ、大道寺は楽しそうなのだ。

どうやって言葉にさせてやろう。

それだけを考えていればいいから。

大道寺は鳩羽を見つめたまま、舌で左の乳頭をつついた。

「あっ…あぁっ…」

アメで固めてあるとはいっても、さっき自分で舐めたときに分かったとおり、アメそのものは結構やわらかい。舌でつかれると、うっすらとその感触が分かった。

「うん、甘いな」

大道寺は舌をちろちろと動かして、乳頭の部分を執拗《しつよう》に舐める。そこがへこんでいくのが、鳩羽にもはっきりと見えた。

あとどのくらいだろう。

鳩羽は目をつぶりたい気持ちをぐっとこらえて、大道寺を見続ける。

あとどのくらいすれば、乳首を覆っているアメが溶けて、直接舐められるんだろう。

「これで、また頭を働かせられる。意地っ張りな鳩羽に、気持ちいい、と言わせるためには、つぎからつぎへと新しいものを考えつかないとな」

またちがうことをされるのか、と思うと、いますぐ逃げたくなった。

紐を力任《まか》せに切るような腕力はないし、薬はまだ切れてなさそうだし、耐えるしかないことは分かっているけれど。

それでも、この部屋から出られたら、と願ってしまう。

「どうした?」

大道寺に聞かれて、鳩羽ははっと我に返った。どうやら、ぼうっとしていたらしい。

「泣きそうな顔をしてるぞ」

「なんでもないです」

泣いて許してもらえるなら、泣きたかった。

だけど、そんなことありえない、と知ってるから、泣くつもりはなかった。

乳首を感じるようにされて、その上、悔《くや》しくて泣く、なんて、屈辱的《くつじょくてき》すぎるから。

「そうか」

大道寺は肩をすくめると、またアメを舐める作業に戻る。大道寺が舌を動かした瞬間、鳩羽の体に電流が走った。

「いやぁぁっ…!」

氷ともアメともちがう、やわらかくて湿《しめ》った感触。それが、乳頭を刺激したからだ。

びくん、びくん、と体を震わせたあと、鳩羽は体を起こそうとする。

これ以上、されちゃいけない。

自分の中の何かが、そう告げていた。

これ以上、大道寺に何もされちゃいけない。つかまってもいいから逃げよう!

だけど、すぐに大道寺の手が鳩羽の体を押し返す。やはり薬は切れていなかったようで、鳩羽は簡単にベッドに沈んでしまった。

「飛び起きるほどよかったのか?　舌や指で感じなさそうだから、氷とアメを使ってやったのに。じゃあ、もしかしたら」

大道寺が目を細めている。

それを見て、いままでで一番強い恐怖が鳩羽を襲った。

怖い、怖い、怖い。

目の前にいるこの人が、すごく怖い！

「こっちもいじってやったら、感じるのか？」

右の乳首に指が伸びて、そこを、ピン、と弾《はじ》かれる。鳩羽はまた嬌声《きょうせい》を上げて、体を何度も震わせた。

「やっ…いやっ…やぁっ…」

鳩羽は、ぶんぶんぶん、と激しく首を横に振る。

「許してっ…いやぁ…しないでぇ…」

もう二度と、許して、と頼まない、と決意したことなんて、頭から消えていた。

触らないでほしい。舐めないでほしい。

これなら、ずっと氷とアメでなぶっていてほしい。

そのくらい強烈な快感。

単調じゃない動きは、人間の指や舌だからこそ。そして、そんなふうにされると敏感な乳首はものすごく感じてしまう。

もしかして。

鳩羽は、はっと大道寺を見た。大道寺は笑顔を浮かべている。

最初からそのつもりで、氷を使ったのでは。

指や舌だけでも感じさせることはできたのに、わざと道具を使用したのかもしれない。

なんのために？

それは、もちろん、鳩羽を完全に屈服させるため。

逃げられるわけがない。勝てるわけがない。

それを思い知らせるため。

そう悟った瞬間、ぽきん、とどこかが折れる音がした。

ぽきん、ぽきん、ぽきん。

それは、どんどんとちがう場所へと波及する。

自分とおなじかちょっと上ぐらい勉強ができる人たちは、いっぱい見てきた。だけど、きっとどこかにはいるだろう、自分よりもはるかにできてまったくかなわない、という人種には出会ったことがなかった。

社会人になってからは、自分よりもできる人ばかりで。それよりも何よりも、鳩羽自身が仕事をできなさすぎて。

まったく勝負にならなかった。

本気でだれかに勝ちたい、と思ったのは、今日が初めて。

そして、その相手にまったく歯が立たないと思い知らされたのも、これが最初。

よりどころなんて、もうどこにもない。

折れたのがなんなのか、知りたくもない。

プライド、競争心、意地、反骨心、調教から逃げたいという気持ち、オークションにかけられたくないという願い。

そのどれがまだ自分の中に残ってて、どれが消えてしまったのか、そんなの考えたくなんかない。

だから。

「…いいです」

鳩羽はまったく感情のこもらない声で、そう告げた。大道寺が、おや、というふうに鳩羽を見る。

「何か言ったか?」

「…気持ちいいです」

これ以上は、もう無理だった。

自分を奮《ふる》い立たせる材料が、どこにも見当たらない。

あとどのくらい我慢すればいいのか、そんなことすら分からない。

これから先、どんなことをされるのか。たとえ、それには耐えられたとしてもつぎに何をされるのか。

そんなことばかり考えていたくない。

大丈夫、と自分に言い聞かせる気力が、見事に空《から》になってしまった。

…もういい。

どっちにしろ、解放なんかしてもらえない。

一週間、調教されて、そのあとオークションにかけられる。

だったら、いま我慢をしてどうなるというのだろう。

いったん折れた心は、容易《ようい》なほうになびいていく。

仕事ができないのに会社にいて迷惑をかけるぐらいなら、だれかの慰み者になって一生食べさせてもらうほうがいいんじゃないだろうか。

親には心配をかけるだろうけど、クビになることはない。

年を取って容色が衰《おとろ》えたら、当然、競り落とした人に捨てられはするだろうけど。そのあとどうするのか、いまは想像したくもない。

とりあえず一週間後。

そのことしか考えたくない。

「乳首、気持ちいいです」

鳩羽は、はっきりとそう口にした。大道寺が、ふーん、とつぶやく。

「もっと時間がかかると思っていたんだがなあ。頭の回転が速いのが、仇《あだ》になったか」

大道寺の言葉に、鳩羽は顔をしかめた。自画自賛するほど大道寺の頭の回転が速いのは認めるけれど、追い討ちをかける必要なんてないじゃないか。

「鳩羽の、だ」

大道寺は鳩羽をのぞきこむ。鳩羽は顔を引いた。

どうして、この人は自分の考えていることを正確に読むのだろう。

「鳩羽の頭の回転が速すぎて、つぎの展開が分かりすぎて、だからこそ、耐えられなかったんだろうな、って言ってんだよ。けど、まあ」

大道寺はにやりと笑う。

「どっちにしろ、結果はおなじだけどな。が、その潔《いさぎよ》さに免じて、イカせてやるよ」

「……え？」

気持ちいい、と言えば、許してくれるんじゃなかったの？

…いや、ちがう。大道寺は自分の調教をするのだ。

だとしたら、これもまたその過程。

逆らう気力なんて、なくなっていた。

どうにでもすればいい。

力が抜けた体をベッドに横たわらせて、鳩羽は自暴自棄《じぼうじき》な気持ちになる。

したいことを、いくらでもやればいい。

「気持ちいい乳首をいじって、それでイカせてやる。乳首だけでイケるのとイケないのでは値段がちがうからな」

イクわけがない、と思ったものの、それを口にする気力も失せていた。

どうぞ、ご自由に。

そんな気持ちで、乳首に近づいてくる大道寺の指と舌を見つめる。

だけど、それが乳首に触れた瞬間。

さっきとおなじように、体が、びくん、びくん、と激しく跳《は》ねた。

「いやぁっ…」

「あっ…やっ…やぁっ…」

アメを器用に舌で外されて、大道寺はそれを口にする。そのまま乳首を食《は》まれて、全体を吸い上げられた。右は指でつまみ上げられて、くるり、くるり、と左右限界まで回される。

チクチクよりももっと強い感覚が、乳首の奥のほうから湧き上がってきた。

「だめっ…あっ…やっ…許してぇ…」

「許さない」

大道寺は右の乳頭を指の腹で優しくこすりながら、ささやく。乳首を口に含んだまましゃべられると、舌が不規則にそこに触れた。その上、やわらかいアメの感触まで一緒に感じられて、鳩羽は胸を突き出すように体をのけぞらせる。

「これから一週間、鳩羽が何を言おうと、一切、許さない」

ぷつん、ととがり切った乳首を、大道寺は指でぎゅっと引っ張った。反対側は根元を噛まれて、乳輪を吸われて、乳頭にアメを押しつけられて。

たまりにたまっていたものを、我慢できなかった。

「あぁぁっ…!」

鳩羽は叫《さけ》びながら放つ。

快感は、もちろん、あった。

だけど、それよりも屈辱感のほうがはるかに大きい、いままでで一番みじめな放出だった。

3

「あっ…あっ…」

鳩羽《はとば》は体をよじらせた。その拍子《ひょうし》に、中にある指を、ぎゅう、と締めつける。

「それでいい」

大道寺《だいどうじ》が満足そうにうなずいた。

「ようやくうまくできるようになったな」

あれから四日が過ぎていた。部屋は相変わらず、病室のようにもビジネスホテルのようにも見える、窓のない、面積だけは広い部屋。脳波を測定する機械がなくなって、よりいっそう、がらんとしている。

トイレとバスルームは別々で、目立たないように入り口の右側に設置してあった。最初はドアの存在にすら気づかなかったぐらいだ。

薬は寝たら、完全に抜けていた。具合が悪くなるといった副作用もなく、逆に、すっきりと目覚められたぐらいだ。

鳩羽が自分で負けを認めたからか、いまは腕も縛られていない。部屋の中なら、自由に動ける。

ただし、自由な時間はまったくない。

朝起きて、食事をする。シャワーを浴びて、大道寺が入ってくるのを待つ。午前中は乳首だけで一度イカされるのが日課。そこでまた少し眠って、お昼ごはん。そのあと寝るまでは新しいことを覚えさせられる。

初日は乳首を開発されたあと、気絶するように眠りに落ちた。二日目から、本格的な調教に入った。まずはイクのを我慢するところから。

なるべくイク回数を少なくしないと、体がもたない。だから、意識を散らして、できるだけ長くもたせるように。

調教をするのは、オークションにかけるため。なのに、どうして、そんなふうに気を遣《つか》ってくれるのか、最初は分からなかった。

もしかしていい人なんじゃあ。この調教もいやいややっているのでは。

そう思いかけた。

だけど、そんなはずはなくて。

完璧な商品のほうが値段が高くつくから。

乳首でイクと値が上がるから、と言ったときとおなじトーンで、大道寺に言われた。

やっぱり、この人は自分のことを商品としか思っていない。

親切そうなことを言うのも、ひどいことをするのも、高値がつくための手段。

性奴隷《せいどれい》。

そんな言葉が、ふいに浮かんだ。

こういうのを性奴隷と呼ぶんじゃないだろうか。

お金で買われて、その相手の好きなようになぶられて、それでも逆らえない、自分みたいな人間のことを。

そんなことをぼんやりと考えていたら、大道寺の気に入るような結果が出せたらしい。その日はそれで終わりかとほっとしたら、ちがった。

「明日から、後ろを開発する」

そう言われて、まずは入り口を探《さぐ》られて。あまりの不快感に、鳩羽は大道寺を蹴《け》ろうとする。だけど、体格がちがいすぎる上に、日ごろ、運動なんてものに縁《えん》がない鳩羽の足をよけるのは簡単だったようで、大道寺は鳩羽の右足を抱《かか》えたまま、指を鳩羽の中に突き入れた。

あまりの痛みに声も出ない。

「ふむ、なるほど」

大道寺はすぐに指を抜くと、木製の小さな棒状のものを取り出した。そこに、どろり、とした液体を垂らして、鳩羽に見せる。

「これを中に入れておく。奥には入らないようにストッパーがついているから」

大道寺が言うとおり、下のほうには丸い台みたいなのがついている。さすがに、あれごと中には入ってこないだろう。

　そんなもの入れられるのはいやだ、と逆らうよりも、感情を殺してすべてを受け入れるほうが楽なことを、初日で思い知らされた。

　だから、いまは人形のようにおとなしく従う。

　たまに、手や足が出たり、はっきりと口に出して反抗したりはするけれど、長くは続かない。

　そのたびに、大道寺が楽しそうな表情をするのを知っているから。

　おや、まだ逆らうのか。それはおもしろい。

　そう思っているのが丸分かりな目で、鳩羽を見るから。

「…分かりました」

　内心の不満を押し殺して。羞恥心《しゅうちしん》も無視して。

　鳩羽は、ただうなずく。

　その小さな棒状のものは、ぬめる液体の助けを借りたからか、簡単に中に入ってきた。だけど、しばらくすると、その存在にかなりの違和感を覚える。

「寝ろ」

　頭を、ぽん、と一度だけ撫《な》でられて、鳩羽は素直に目を閉じた。

　大道寺から受ける調教は、きっと死ぬまで忘れることはなくて。

　恨《うら》みやつらみ、憎《にく》しみなども、ずっと抱えていくことになるだろう。

性奴隷という立場じゃなくなっても、そうであった何年か、もしくは何十年かが消えるわけではない。

だけど、いまこの瞬間は。

調教されている間だけは。

大道寺の言うことを聞くのが、もっとも体への負担が少ないと、本能で分かってしまった。

寝たほうがいい、と最初に忠告されたとき、そのとおりにしていたら。もしかしたら、薬が抜けるのが早くなり、逃げ出せたかもしれない。

感じる、とさっさと認めていたら、あんなふうに心が折れるまでなぶられなかったかもしれない。

大道寺のことは大きらいだけど。

大道寺の言うことはちゃんと聞く。

それを矛盾《むじゅん》だとは思わない。

二日目の夜は、その小さな棒を入れられたまま寝た。つぎの朝、取り出されたあとで中に指を入れられても、前日のような痛みはない。

ただ、不快感は消えない。

「もう少しだな」

大道寺はつぶやいて、その夜は一回り大きなものを入れられた。それが調教用の張り型だということも、そのときに教わった。

まったくもってムダな知識。

その名前を知ったからといって、これから先の鳩羽の人生に役立つわけがない。

だけど、勉強だけはよくできた鳩羽の頭脳は、悲しいことに、張り型についていろいろと分かってしまう。

指を入れても痛いぐらい狭《せま》い場所を傷つけないように、肌に優しい木を使っている。大きさがいろいろあって、広がり方に合わせて変えられる。何よりも、指だとそんなに長い間、入れっぱなしにはできないけれど、こういう器具だと寝ている最中もずっと中を広げる役割を果たせる。

とても、よく考えられている。

そのときは張り型を後ろに含んだまま、イカせられた。前日のよりも大きなそれはかなりの違和感で、そちらばかりに気を取られてしまいそうだったけれど。

男というのは悲しいもので、自身をこすられればイッてしまう。放つ瞬間、張り型を締めつけて、その存在感に内壁がびっくりしたようにうごめいた。

ただの反応。

そう言い切ってしまうには、なんだかちがうようなむずがゆさがあって。

初日のときのような、いやな予感を覚えた。

そして、今日。

朝、乳首でイカされて、昼寝をして、午後二時になると大道寺がやってきた。初日にはなかった時計が、いまでは壁にかけられているので時間が分かるのだ。

「今日は後ろで気持ちよくさせてやる」

いつものとおり、断定口調。この人に迷いやとまどいはないんだろうか、と疑問に思う。

もし、鳩羽が思ったとおりの反応をしなかったら。

男に抱かれるための体、じゃなかったら。

乳首は感じたけれど、男を受け入れる肝心《かんじん》な場所がまったく使い物にならなかったら。

そういう不安はないのだろうか。

気持ちよくなればいいな、ではなく、気持ちよくさせてやる。

そんなふうにうまくいくものか、と、悔し紛《まぎ》れに思うものの、いまのところ、大道寺がまちがったことはない。

今日もそうだろうか。

そう考えると憂鬱《ゆううつ》になった。

いざ、調教が始まると、感じたくない、という自分の感情を、最初に切り捨てなければならないことを知ってしまっているから。

大道寺の指が入ってきた瞬間はほんの少し痛んだものの、二日前の比ではない。中が広がっているんだろうな、つまり、張り型は意味があるんだ、と他人事《ひとごと》のように思う。

どうでもいい、と考えることが増えていた。

どうなってもいい。

あと三日したら、オークションにかけられる。

そのあとはだれかの性奴隷になる。

だったら、いま、何をされようとかまわない。

反抗することも減っていた。一日に二回、イカされているうちに、それが当たり前のようになってきている。

慣れ、というのは怖いものだ。

裸でベッドに横たわっていたり、張り型を入れられたり、乳首をいじられたり、あえがされたり、イカされたり。

一日の大半をそうやって過ごしているのに、屈辱感《くつじょくかん》が薄れている。

いまも。

大道寺の指を含んで、力を入れろ、抜け、という指示に、淡々《たんたん》と従っていた。しばらく繰り返させられて、ようやく合格点をもらえたところだ。

「まだ狭いほうだが、中はなんとか広がったな。あとは、内部で感じさせるだけだ」

大道寺の言葉に、無理なんじゃないの、と心の中で答えた。

張り型だろうが、指だろうが、一番強く感じるのは違和感。痛みはほぼなくなったが、だからといって、気持ちいいわけではない。

「無理だ、と思ってるんだろ」

顔をのぞきこまれても、目をそらさなくなった。怖い、とは、いまでも思う。

闇《やみ》に似た瞳に恐怖を感じることもある。

だけど、それでもいいか、と思ってしまうのだ。

この瞳に射抜《いぬ》かれて、恐怖に震えて、それのどこが悪い、と。

自分はおかしくなってきているのかもしれない。

鳩羽は思う。

こんなところにずっと閉じ込められて、調教を受けて、三日後には、だれかに売られる商品となる。

そのことを深刻に考えるあまり、おかしくなってしまったのかもしれない。

それとも逆に、未来のことを想像したくなくて、現実逃避《とうひ》をしているのかもしれない。

四日前、心が折れた。その傷がまだ癒《い》えてなくて、一時的に反抗心がなくなっている、とかであってほしいけど。

実際のところはどうなのか、鳩羽本人にさえも判断できない。

それに、先のことをいろいろ考えても気持ちが暗くなるだけで、いいことは何もない。

だから、いま、この瞬間、大道寺が自分を調教しているという現実にだけ、意識を集中させる。

「だがな、男には絶対に感じる部分があるんだ」

だがな、が、何に続いているのか、一瞬、分からなかった。それから、ああ、そうだ、と思い出す。

そんなの無理だ、と鳩羽が思ったことに対しての、だがな、だ。

絶対に感じる部分は、たしかにある。男という生物は、悲しいことに、自身を触られれば反応するようにできているのだ。

だとすれば、前を刺激しながら後ろの指を動かして、そのふたつの反応を連動させ、中をいじられることが快感だと思い込むようにさせるのだろうか。それはたしかに有効かもしれないが、なんだかんだで時間がかかりそうな気がする。

まあ、何もされたことがない鳩羽の考えなんか、調教の経験が豊富な大道寺からしてみたら失笑ものなんだろうけど。

「中に、だ」

大道寺の言葉に、鳩羽は眉《まゆ》をひそめた。

中に、って、どういうこと？　何が、中に、なわけ？

監禁《かんきん》状態が長くなるにつれて、あまり頭が働かなくなってきている。それは、何も考えたくない、という鳩羽の心の状態から来るのだろうか。それとも、これ以上考えないほうがいい、という脳からの危険信号?

ともかく、ヒントを出されても、すぐに答えが見つからない。いまも、とまどって大道寺を見つめるだけ。

「この中に」

大道寺が指を動かした。さっきまでの行為を覚えているのか、鳩羽の内壁が自然にそれを締めつける。

それでも快感はない。最初に比べて違和感が少し弱まった程度。

「鳩羽の感じる場所がある」

「そう…なんですか?」

知らないよりは知っていたほうが、すばやく対処できる。

初日にそれが分かったから、なるべく質問はするようにしていた。教えてもらったところで、大道寺がしようとしていることは、経験のない鳩羽からしてみたら、まったく想像がつかないことばかり。まっさらな状態よりは少しまし、という程度。

それでも聞いてしまうのは、たとえば、歯医者で、これからこうしますからね、と説明されたほうが恐怖心が薄れるようなものだ。

「ああ。ここを覚えたら、女とやるときでも中に指を突っ込んでもらわないとイケなくなるらしいぞ」

「全員がですか!?」

だったら、どうして自分が知らないのだろう。そんな場所があるなら、うわさぐらい聞いていてもいいはず。

「全員がそうだったら、何人か集めてセックスさせたら壮観な光景だろうな。だが、残念ながらちがう」

大道寺は笑った。

「そういうやつもいる、ということだ。ついでに、ここを舐《な》められたり、指を入れられたりすることに抵抗を感じるのもかなりな数いるだろうから、一生、その快感を知らないままなほうが多いはずだ」

それは、すごく納得できる。

たとえば、こんな状況じゃなくて、自分で選ぶとしたら。

すごい快感だ、と説明されたところで、鳩羽は絶対にやってもらわなかっただろう。

普通のセックスすらしたことがないのに、最初からそんなのを望むわけがない。

それに、たぶん、セックスを経験したところで、拒否する気がする。

そこを見られたり、舐められたり、指を入れられたり、は、すごく恥ずかしいから。

まだ舐められたことはないけれど、ほかはひととおり経験して、それを実感しているから。選べるなら、絶対にやらない。

「鳩羽は」

大道寺はそこで言葉を切って、微笑《ほほえ》む。

「その強烈な快感を体験できるんだ。うらやましいな」

「大道寺さんも」

鳩羽は首をかしげた。

「経験したことがあるんですか?」

「残念ながら」

大道寺は肩をすくめる。

「俺は、だれかに向かってケツを突き出せるほど快感というものに貪欲《どんよく》じゃなくてな。未経験だ」

「じゃあ…」

鳩羽はおずおずと口にした。

「本当にすごい快感なのかどうか分からなくないですか?」

「まあな」

大道寺はあっさりと認める。

「いままで、俺が調教してきたやつらも感じてるふりしないともっとひどい目にあうから、あえいでただけかもしれないし。とはいえ」

大道寺は何かを思い出すように目を細めた。

「内部を激しくひくつかせたり、体をびくびく震わせたあとに気絶したり、一番分かりやすいのは、ここから」

ここ、と同時に鳩羽自身を、つん、とつつく。鳩羽は、あっ、と小さく声を上げた。

…だから、何をされるか分からないと困るんだってば。

「欲望の証《あかし》をこぼしてたしな。俺の目がたしかなら」

大道寺はそこで自信満々な表情になる。

自分をまったく疑っていないその自信だけは、ちょっとうらやましい。

「あれは演技ではないと思う。いままで経験してないことを悔しいとは思わないが、やられてるやつが感じてるのを見ると、ほんの少しだけうらやましくはなる。いまから」

大道寺が鳩羽をのぞきこんだ。

「おまえにもおなじ快感を味わわせてやるからな」

いやだ、と言ったらどうなるのだろう。

ちらり、と、そんなことを思ったけれど。

鳩羽は返事をせずに、ただ顔をそらせた。

痛いだけよりも、気持ちいいほうがまだまし。

そんなことを考えるようになってしまった自分を嫌悪《けんお》しながら。

でも、それ以外に何もできない、とあきらめながら。

白い壁を、じっと見つめていた。


そこに触れられた瞬間、鳩羽の体が、びくびくっ、とすごい勢いで跳《は》ねた。大道寺が満足そうな表情になる。

「ここ、か」

入り口に近い、体の上半身側。そこに指が近づくまでは、どうもならなかったのに。

気持ちいい部分なんてうそなんじゃないの。

中を丁寧《ていねい》に探る大道寺の指を、締めつけたり、ゆるめたり、の訓練も同時にさせられながら、鳩羽は冷めた気持ちで思っていたのに。

触れられた瞬間、体の熱が一気に上がった。

体の震えは、まだ止まらない。唇からは勝手にあえぎ声が漏《も》れてくる。

自分の体は、いったいどうしてしまったんだろう。

大道寺の指がまたそこを押さえて、鳩羽の体がベッドから浮いた。

知らない。

こんな強烈な快感、知らない。

「ほらな」

大道寺が得意そうにつぶやく。

「だから、言っただろ。絶対に感じる部分があるんだ、って。あとは、ここをもっと開発するだけだ」

「これっ…以上はっ…」

鳩羽の目には、自然と涙が浮かんでいた。気持ちよすぎると泣いてしまう。それを知ったのも、調教されるようになってから。

「許してっ…くださっ…あっ…あぁっ…」

「そのかわいく潤《うる》んだ目には、基本的に弱いが」

大道寺は首を横に振る。

「さすがにその頼みは聞けないな。おまえが、いついかなるときでも簡単に足を開くようにしつけるのが、俺の役目だ。オークション参加者の中には、高齢なやつらもいる。というか、ほぼ高齢だと思ってまちがいない。つまりは、勃《た》ちが悪いか、薬がないと勃たないか、まれに道具や他人を使うか、だ。そういうやつらは、基本、支配的なセックスが大好きだ。だから、鳩羽みたいに、気持ちいいことをされたら、許して、とちょっと怯《おび》えながら涙を浮かべるようだとエスカレートしかねない。さすがに、俺も寝覚めが悪いのはいやだしな」

寝覚めが悪い。

それが何を意味するのか、鳩羽には分かった。

体を傷つけられる。もしくは、考えるのもいやなぐらいの悲惨《ひさん》な目にあう。

つまりは、そういうことだ。

ぶるり、と、これは純然たる恐怖で体が震える。

そういう人たちに向けてのオークション。

考えないようにしていた三日後のことが、急速に現実的に思えてきた。

「だから、理想は」

大道寺の声に、鳩羽は我に返る。

この人の言うことをちゃんと聞こう。

鳩羽はそのことを心に刻《きざ》み込んだ。

味方じゃないけれど、ひどいことをされているけれど、有益なことも教えてくれる唯一《ゆいいつ》の相手だから。

「いったん、許して、とは言うものの、途中からは相手の上にまたがって、我慢できない、みたいな感じで腰を振る、清楚《せいそ》な淫乱《いんらん》だ。もしくは、清楚なふうにふるまえる淫乱」

そのふたつにちがいはあるのだろうか。どっちにしろ、似たようなものだと思うけど。

「鳩羽は、清楚な淫乱にしかなれないだろうが、できるなら、清楚なふりをする計算高いビッチに育てたいんだよな。そのほうが、生きやすい」

「どっ…して…んっ…ですかっ…？」

何かをしゃべっていないと、すべての感覚が大道寺になぶられている部分に集中しそうで。鳩羽はどうにか口を開く。

「清楚な淫乱は加減をしらない。最初はほんのちょっと抵抗したとしても、気持ちいいことをされると我慢できなくなる。飼い主というのは新しいおもちゃが大好きだから、そんな楽しいものが手に入れば、思うさまなぶり、調教し、ときには、痛めつけることもある。そんなことをされているうちに、飼われているほうはセックスのことしか考えられなくなるんだ。あとはもう廃人《はいじん》確定。だけど、計算高いビッチなら、それをうまく避《さ》けられる。飼い主を逆にコントロールもできるし、そうなったら逃げるのも簡単だ。だが、よっぽどうまくやらないと、感づいた飼い主が反撃してくるだろうから、危険性も高いけどな。まあ、結論としては、オークションに売られるようになるな、ってことだ」

「そんなのっ！」

強い声が出た。

四日ぶりに、怒りも湧《わ》いてきた。

そんなの、自分のせいじゃない。

ここに連れてこられたのも、調教されているのも、三日後、オークションにかけられるのも、まったくもって鳩羽の意志とはかけ離れている。

「どうやって予防するんですか!?」

「予防策はないな」

大道寺は肩をすくめる。

「願うだけだ。神様でも仏様でもいい、どうか、あの人たちに目をつけられませんように、と祈るだけ。ただし、そういう存在を知るころには、もう遅い」

大道寺は、ふう、と息を吐いた。

「運が悪かっただけだ。あきらめろ」

「でも、俺は何もしてないのにっ！」

それなのに、あきらめなきゃならないなんて、そんなのまちがってる。

絶対に、絶対にまちがってる。

「何もしてなくても、犯罪に巻き込まれるやつらはいる。交通事故にあうやつだって。なんの罪《つみ》もないのに命を落とす人間も。おまえは何かかんちがいしてるようだから、はっきり言うが、人生は公平じゃないぞ」

そんなの知ってる。分かってる。

公平だなんて、物心ついてから思ったことがない。

でも、こんな意味で不公平なんて、そんなのない。

たまたま、だれかが自分を気に入って、だったらオークションにかけよう、と画策《かくさく》するなんて、不公平という言葉で表せるわけがない。

「あと、怒るたびに俺の指を思い切り締めつけるのやめろ。まだ狭《せま》いから、さすがに力を込められると痛い」

「俺のほうが、もっと痛いです」

挑戦的にそう言ったら、大道寺がおもしろそうな顔つきになった。

「久しぶりに、人間っぽい態度になったな。あの初日で心が折れたのか、と」

折れた。ぽっきりと折れた。そのまま回復できないかと思っていた。

だけど、あまりにも理不尽《りふじん》な大道寺の言い草に、自分の中にまだ怒る気力が残っていたことが分かった。

その部分だけは感謝してやってもいい。

「このままずっと締めつけられるのもめんどうだから、代わりに張り型を入れてやる」

大道寺は指を抜く。

張り型なんて、昨日の夜もずっと入れられていた。そんなの怖くもなんともない。

「これだ」

だけど、大道寺が取り出したのは、昨日のとはまたちがっていた。一回り大きくて、そして、根元付近、ちょうど感じる部分に当たるところが、大きく突き出している。

目的はただひとつ。

そこをずっと刺激し続けるためだ。

ぞくり、と背中を寒気《さむけ》が走った。ここに来てからおなじみになったその感覚は、毎回、ちがった要素を含んでいる。

いまは恐怖がほとんど。

あれを含まされたらどうなるんだろう。指で押されるだけでも、あんなになったのに。

ずっとあの部分で圧迫され続けたら、どうなってしまうのだろう。

「強く締めつけすぎたら、ここが」

突き出ている部分を指で触って、大道寺はにやりと笑った。

「おまえの感じるところを押さえつける。ゆるめれば、少しは楽になる。自由自在とまではいかないだろうが、これで、ある程度は、自分の意思どおりに内部を動かすことができるようになるわけだ。それと、もうひとつ」

大道寺は、指を一本立てた。

「これを入れている間中、俺としゃべれ」

「…どうしてですか?」

大道寺と話したいことなんて、何もない。むしろ、積極的に黙《だま》っていたいぐらいだ。

「快感に溺《おぼ》れないためだ」

大道寺はまじめに答える。

「ここの感覚は強烈すぎるからな。その気持ちよさに溺れると、俺の作りたい計算高いビッチがむずかしくなる。もともとむずかしいんだから、鳩羽も少しは協力しろ。自分から飲み込みつつも、うまく快感をかわせるようにならないと、体がもたないぞ」

「大道寺さんは…」

鳩羽はとまどいながら聞いた。

「俺のことを心配してくれてるんですか？」

調教して高く売りたい。

落札した相手に壊されたくはない。できれば、うまくその状況を処理してほしい。

どっちが大道寺の本音なのか分からない。

分からないからこそ、反抗心が長く続かないのだ。

いっそのこと、否定してほしい。

心配していない、と、はっきりと告げてほしい。

それなら、いまよりももっと憎《にく》める。

「鳩羽だけが特別、というわけではないけどな」

大道寺は答えをにごした。心配しているのかしていないのか、微妙な返事。

これだと、どう判断していいか分からない。

「いままでは、飼い主が目をつけて、その相手をさらって、俺のところに連れてきていた。だから、逃げられないのはしょうがないとして、その飼い主好みに調教しつつ、どうにか生き残る方法も一緒に教えてきた。快感に溺れるだけだと、かならず破滅する。それが何人も、となると、さすがの俺も心が揺らぐんだよ」

「だったら…」

鳩羽が続ける前に、大道寺が言葉にする。

「鳩羽を逃がすことはできない。鳩羽に対して、申し訳ないとも思わない。これは、勝負だ。いろいろな人の思惑《おもわく》がかかった、人間オークションを成功させるための、な。だから」

大道寺が、じっと鳩羽を見つめる。

「俺の言うとおりにしろ」

ふざけんな、とわめいてもよかった。

冗談じゃない、とはねつけてもよかった。

なんでおとなしくオークションにかけられなきゃいけないんだ、と。

だけど、大道寺には大道寺なりの立場があって。

逃がす、とか、調教しない、という選択肢は大道寺にはないのだろう。

鳩羽に悪いとはまったく思っていない。だけど、なるべく正常なままいられるように気遣《きづか》ってはくれている。

それが分かったから。

現時点では大道寺の言うことを聞くのが最良の方法なのだ、と納得したから。

鳩羽は、こくん、とうなずいた。

大道寺はなぜかほっとしたような表情で、よろしい、とうなずき返した。


「鳩羽は、何が好きなんだ？」

「…ジャンルが広すぎます」

張り型は、やはり、鳩羽を悩ませている。だけど、大道寺と話すことで、意識をそこからなるべくそらすことには成功していた。

小さいころのこと。家族のこと。幼稚園、小学校、中学校、高校、大学。

問われるままに、しゃべった。そうやって自分のことを振り返って痛感したのは、つまらない人生を生きてきたんだなあ、ということ。

友達はそんなに多くなかった。

家族とは適度にうまくやってるし、反抗期も反抗することそのものがめんどうで、普通に話していた。親からは、成績もよくて言うこともよく聞いて育てやすい子、と思われているのを知っている。

そのほうが楽だから、反抗する友達に対して、バカみたいだ、とも思っていた。

学校生活は、ほぼ勉強のことばかり。行事もきちんと参加していたが、なぜか、その記憶はあまりない。

典型的な優等生。

ただし、それは大学まで。会社に入ったら、まったく話は変わる。

学生時代は勉強ばかり、社会人になってからは劣等感《れっとうかん》ばかり。

本当に本当に本当につまらない人生だ。

大道寺のように他人を調教したい、とか、お金がありすぎて生活に飽《あ》きて、人間オークションを開催《かいさい》するような人たちの仲間になりたい、とか、そんなことは一切思わないけど。

この世を去るとき後悔しないのは、認めるのも悔しいが、いろいろやってきた大道寺のような人たちの気がする。

何もしないで後悔するより、何かしてから後悔しなさい。

何かの本で読んだ文章。

まだ、勉強ができる、ということが絶対の正義に近かった学生のころだったから、冗談じゃない、と思ったものだ。

たとえば、万引《まんび》きをするとか、お酒を飲むとか、だれかに暴力をふるうとか、そういうことをして自分の評判に傷をつけるなんて、愚劣《ぐれつ》の極《きわ》みだと。

だけど、もし、自分がそんな学生だったとして。

勉強ができる表の顔とは別に、裏で遊んでたり、悪い仲間とつるんでいたり、性格的に犯罪はできないとしても、それに近いところまではやっていたとしたら。

この状況はなかったかもしれない。

何も知らない純真無垢《じゅんしんむく》な商品、という基準からは外れるから。

もしつかまったとしても、いろんな危険を乗り越えていたら、監禁《かんきん》されてもすぐには心が折れなかったかも。

そうやって鳩羽が落ち込んだのを分かったかのような、大道寺の唐突《とうとつ》な話題転換。

何が好きなんだ？　と聞かれても、どう答えていいのか分からない。

「そうだな。じゃあ、好きな音楽は？」

「…音楽」

鳩羽は自分の部屋の中を思い浮かべた。

俺、なんのＣＤ持ってたっけ？

ラックというほど立派なものはなく、本棚の隅《すみ》に、ちょっとだけ並べてあるＣＤは、しかし、タイトルを思い出せない。だいたい、音楽を聴く道具としてはパソコンしかないのに、最近はパソコンを立ち上げるのすら億劫《おっくう》で、電源を入れない日のほうが多くなっている。

「…は聴きません」

見栄を張って、クラシック、などと答えてもしょうがないから、鳩羽は正直に告げた。大道寺が意外そうな顔をする。

「俺が事前にもらった情報だと、アメリカンポップスが好きだという話なんだが」

「ああ」

鳩羽は、こくん、とうなずいた。その拍子《ひょうし》に張り型を締めつけてしまい、突起《とっき》が感じる場所を押す。

「あっ…やっ…」

鳩羽は、ぶんぶん、と首を振った。うなずいたり、体を動かしたりするたびにこうなるのは分かっているのに、どうしてやってしまうんだろう。

「鳩羽が感じているのを見てるだけならおもしろいが、調教担当としてはそうも言ってはいられない。いいかげん、学習しろ」

「…はい」

感じるたびに、注意されてしまう。

これでも、あえいでばかりで質問に答えることすらできなかった最初に比べたら、まだましだと思うのだけれど、大道寺には大道寺なりの計画があるのだろう。

言うことを聞く。

そう決めたからには、きちんと実行する。

「で？　アメリカンポップスの話は？」

「はやりの音楽ぐらい知らないと、と友達に言われて、二枚ほど無理やり買わされました。でも、一回聴いただけです。あんまり騒がしいのが好きじゃないんで。あ、分かりました」

指を、パチン、と鳴らそうとして、鳩羽はそれを慌《あわ》ててやめた。そうなったら、また張り型を締めつけるに決まっている。

「俺、音楽、好きじゃないです。シーン、と静かなのが好きですから、テレビもあまり見ません」

「じゃあ、会社が終わったあととか休日とか、何をしてるんだ？」

「最近はですね…」

何かしてたっけ？

趣味という趣味はない。音楽も聴かず、テレビも見ず、パソコンを立ち上げないから当然、ネットサーフィンとも無縁《むえん》で、本や雑誌も読まないし、新聞にすら目をとおさない。週末に起こった大きなできごとは、週明けに知ってびっくり、ということも多い。

それでも、時間は確実に過ぎている。

「あ、思い出しました。ほぼ寝てます」

小さいときから、一日八時間以上は寝ないとだめだった。中学ぐらいから、いやなことがあると、寝逃げをするようになった。

社会人になってからは、休みの日でもいつもどおり七時に目が覚める。体内時計を狂《くる》わせないために、そこではいったんきちんと起きるものの、ごはんを食べて、お昼ぐらいになると眠くなってくる。昼寝をして、起きたら夕方。夕食を食べて、すぐに睡眠。土曜も日曜も、それは変わらない。たまに出かけると、すごく疲れてしまう。

いくら仕事ができない総務課員でも、平日、定時に帰れることはほとんどない。家に帰るのは早くて八時、遅ければ九時を過ぎる。それから着替えて、夕食を食べて、お風呂に入って、などとやっていると、あっという間に十二時を過ぎてしまうのだ。平日の睡眠時間が六時間ちょっとなのは社会人としては当たり前、というか、よく眠れているほうかもしれないが、金曜になると、体が、限界だ、と訴えてくる。

だから、週末は寝だめ。

そう答えたら、大道寺が、なるほどね、とうなずいた。

「何がですか?」

「普通、監禁されることに慣れてきて、恐怖が薄れると、退屈だと騒ぎだすものだが、鳩羽は何も言わないな、と思ってな」

「…この状況で退屈できるってすごいですね」

鳩羽は心の底から感心する。

オークションにかけられる…のは鳩羽が初めてだとしても、ここでの調教が済んだら、性奴《せいど》隷《れい》としての日々が始まるのだ。それを考えて、不安になったりしないのだろうか。

「人間は慣れるものだ。どんな状況でも、な。鳩羽にも、そのうちそれが分かる」

一生分かりたくない、と思いながらも、鳩羽はあいまいにうなずいた。

ここで逆らってもしょうがない。

「だから、退屈を紛《まぎ》らわせたければ、テレビなどの武器になりそうなものは無理だが、雑誌や新聞なら持ってきてやるぞ。いるか?」

「いりません」

朝はぎりぎりまで寝てるし、乳首でイカされたあとは疲れるから昼寝をしたいし、夜、張り型を入れられてるのに文章が頭に入ってくるとは思えない。そういうときは、さっさと寝るにかぎる。

「それより、テレビって武器になりますか?」

引っかかっていたことを聞くと、大道寺は肩をすくめた。

「持ち抱えて、ぶつけられたら困るだろうが。もしくは、テレビを抱えたまま、俺がドアを開けるのを待っていて、中に入った瞬間、頭に落とされるとかな。逃げられるだけなら、損失を補填《ほてん》すればすむことだけれど、命を失ったらそこでおしまい。用心にこしたことはない」

ふーん、と鳩羽は思う。

覚えておこう。オークションのあとで使えるかもしれない。

「実際、そんなふうになったことはあるんですか？」

「俺がじゃないが、飼ってるものに逃げられた話はいろいろ聞く。完璧に逃げ切った、というのは、まだ耳にしたことはないがな。だから、清純《せいじゅん》に見せかけたビッチを俺はつくろうとしてるんだよ。逃げずに、相手が飽きたところを待って、うまく金をせしめて、堂々とそこを出ていけるように。人間は慣れるだけじゃなくて、忘れる生き物でもある。犬に嚙《か》まれたと思って記憶から消すのもいいし、逆に、その期間中、ずっと自分のほうが上だった、と自尊心を満たすのもいい。とにかく、廃人と逃亡者だけにはしたくないんだ」

だけど、大道寺の話を聞いているうちに、そんな気はすっかり消えうせた。

そうだ。相手はお金も権力も情報網も、何もかもを持っている。国土もそんなに広くはなく、四方を海で囲まれ、海外に逃亡しようにも手段は飛行機か船しかない日本なら、ひと一人探すのは簡単だろう。

「鳩羽はどっちになるんだろうな」

「廃人か逃亡者、どっちか、って意味ですか？」

「だから、そうならないようにいま調教してるんだろ。人のやる気をそぐな」

そんなこと言われたって、と、鳩羽は心の中で反論する。

調教すること自体に、やる気を出されても困るんだけど。

「…ま、いいや。この話はおいとこう。で、好きな音楽もテレビもなし、と。好きな映画は？」

映画？　最後に見たのはなんだっけ。映画館には何年も行ってないし、わざわざＤＶＤを借りたりもしていない。そういえばレンタル屋の会員証、とっくに期限が切れてるんじゃないだろうか。

「それもまたないのか」

鳩羽が考え込んでいたからか、大道寺が勝手に答えを出した。

なんか、そう言われると複雑だなあ。

学生時代は勉強ばかり、社会人になってからはだれにでもできるような簡単な仕事だけ、好きな音楽もテレビも映画もない。

これ以上、つまらない人間はいないいんじゃないだろうか。

あ、そうだ！　それをオークションのときに告げて、そんなつまらないやつならいらない…とかならないよね。性奴隷を飼う目的はセックス。人格とか性格とか、どうでもいいにちがいない。

「じゃあ、とにかく、好きなものをあげてみろ。食べものとか飲みものとかお菓子とか、ほかに抽象的《ちゅうしょうてき》なものでもいいから」

「…なんで、限定は食べもの系ばっかかなんですか」

鳩羽は不満げに言った。

「俺、そんなに食いしん坊っぽく見えます？」

「いや、特には」

大道寺は首を振る。

「けど、食べものがどうでもいい、ってわけでもないのは、監禁されてからも食欲が落ちないから分かる。普通、最初になくなるのが食欲なんだが、鳩羽は出したものをきれいに食べてくれるから、体力の心配をせずにすんで、ありがたい」

「…まずかったら、そんなにたくさん食べませんよ」

二日目、起きた瞬間におなかが空《す》いていた。お見合いの席で食事をして以来、何も口に入れてなかったのだから、それも当然。だけど、食事に期待はしていなかった。監禁されているんだから、パンとコーヒーとかそんな簡素なものだけだと思っていた。

なのに、大道寺が持ってきてくれたのはアメリカンブレックファースト。食器はすべてプラスチックの安っぽいものだったけれど、中身は文句ないほどおいしくて。思わず、全部、食べてしまった。

食器どころかナイフやフォークまでもがプラスチックなのは、さっきのテレビの話からすると、ガラスや金属だと危険だからだろう。

その日から、朝、それと昼寝から起きてすぐの二食、きっちり食べている。夜はだいたい気絶するように眠ってしまうので、ごはんを食べる余裕がない。けれど、ほとんど動いてないので、そのぐらいでちょうどいいみたいだ。

「うまい、まずい、が分かるんなら、好きな食べものもあるだろう?」

なぜか、大道寺の声が甘くなる。それに誘われるように答えてしまっていた。

「味の強いものが好きです」

「しょう油とかソースとか、そういうことか?」

「いえ、そうじゃなくて、シソとかパクチーとかセロリとか香味野菜が無条件で好きですね」

「それは…」

大道寺が意外そうに鳩羽を見る。

「知らなかった」

「知らなくて当然じゃないですか?」

鳩羽は、大道寺の表情を見て、くすり、と笑った。そして、はっと、唇を押さえる。そうやって動くと張り型を締めつけてしまうが、いまはそんなの気にしていられない。

…どうして、笑ってしまったんだろう。

そのことで、頭がいっぱいになる。

大道寺のことはきらいで、憎んでて、話もしたくない、と思っていたのに。

どうして、笑顔を見せてしまったんだろう。

たかが、好ききらいの話ぐらいで。

知らなかった、と驚いたように言われただけで。

大道寺がそれをどう思っているのか、知りたい。でも、知りたくない。

相反する感情。

たった一回笑っただけで、こんなに動揺《どうよう》している。

監禁されているのに笑えるなんておかしい。

そのことは、鳩羽もちゃんと分かっているから。

笑うなんて心を許してる証拠《しょうこ》だな、とでも言われたらどうしよう、と恐る恐る、大道寺を見ると、何もなかったような表情をしている。

「子供舌だと思ってたんだがな」

そして、そのまま話題を続けた。

あれ、と思う。

もしかして、笑ったつもりになっていたのは自分だけで、本当はちがったのだろうか。ちょっと顔がゆがんだ、ぐらいだったんだろうか。

だとしたら、自意識過剰もいいところだ。

「子供舌？　なんでですか？」

とにかく、いまは大道寺の話題に乗ろう。笑ったという事実なんてはるかかなたに押しやれるように、たくさんしゃべろう。

「ハンバーグを頼むことが多い、という情報が」

「大道寺さんが所属している組織って、どんな情報網を持ってるんですか」

半ばあきれて、半ば感心しながら、鳩羽は聞いた。恐怖は、もうとっくになくなっている。

自分が予測した以上の個人情報をつかまれているらしい。

それは初日に分かっていたことだからだ。

「某国の情報組織も真っ青なぐらい」

だから、その答えにも、そうだろうな、と納得してしまった。

「たしかに、外食ではハンバーグが多いです」

ハンバーグだと、ある程度以上にはまずくは作れないだろう、という判断と、母親がハンバーグがきらいらしく家では出てこない、という理由から。

「でも、ひとつのお皿にハンバーグ、もうひとつのお皿にはセロリ、シソ、パクチーなど香味野菜のサラダ、だったら、サラダのほうを選びます」

「生春巻きは？」

「大好きです！　パクチーをたくさん入れます！」

「フォーは？」

「すっごい好きです！　パクチーだけじゃなくて、いろんなものをドバドバ入れます！」

ありとあらゆる種類のものを入れて、失敗したことも成功したこともある。調味料を全部入れたらすべての味が混ざってあまりおいしくない、ということは学習したし、香草系はどれを入れてもおいしい。

そんなことを考えてたら、ごはんを食べたのはそんなに前じゃないのに、おなかが鳴りそうになった。

「辛《から》いのは?」

「苦手ではないけど、好きでもないです。あ、タイ料理食べたくなってきました。グリーンカレーとかなら、辛くても大丈夫なんですけど」

「ココナッツが入ってるからか?」

「あ、そうかもしれないです。あれも、独特のクセがありますよね。友達でダメな人がいました」

自分の好きなものを、すべての人が好きだとはかぎらない。

それを分かっているから、友達と食事をするときはファミレスやファーストフードを選ぶようにしている。特にファミレスなら、好ききらいが多い相手でも、かならず食べられるものが何かしらある。

鳩羽が頼むのは、ハンバーグやハンバーガー。

…たしかに、子供舌に思えるかも。

「ふむ。じゃあ、最終日はタイ料理かな。辛くするとちょっと大変なことになるから、生春巻きやフォーで。体力もいるだろうし」

「体力がいる？」

その言葉に引っかかって尋ねると、大道寺が苦笑した。

「ここ三日、反応が鈍《にぶ》かったくせに戻ってきたな」

それすら気づかれていたことに、鳩羽は驚く。大道寺は、どうやら、人並みはずれて勘《かん》がいいようだ。

「これ以上、突っ込まれるのもめんどうだから、今日の調教は終了。イカせてやる」

「自分が質問されたときに逃げるのは、ずるいですよ！」

鳩羽には答えさせたくせに。

「そう。ずるい。それが大人というものだ。権力、と言い換えても、そうちがいはない。あとは経験とか」

「…どれにしろ、ずるいです」

「これから、もっとずるいことをしてやる」

大道寺は鳩羽の右足を持ってそれを開かせると、その間に手を差し込んだ。何をされるか分かって、鳩羽は抵抗しようとする。

だけど、遅かった。

気づくのが、遅かった。

大道寺は張り型を、ぐっ、と感じる部分に強く当たるように動かしたのだ。

「いやぁっ……!」

しばらく忘れていたものの存在を思い出させられて、鳩羽の体が反応する。びくん、びくん、と体を震わせながら、鳩羽はどうにか逃げようとした。

だけど、どこに?

「あっ…やっ…いやっ…」

大道寺は容赦《ようしゃ》なく、ぐりぐり、とそこを押す。気づかないうちに張り型で開発されてしまったのか、最初よりも感じてしまう。

「だめっ…やっ…いやっ…」

「ここだけでイケるはずだ」

大道寺が、鳩羽の耳元でささやいた。その息にすら、体が、ぞくぞく、となる。

「乳首でも、ここでも、どちらでもイケる。そういう体になっている」

大道寺がまるで催眠《さいみん》にかけるような調子で、優しく告げた。

ちがう、ちがう、ちがう。

そんなことない。

ここだけでイケるはずがない。

女の子でもないのに、内部を刺激されただけでイケるわけがない。

「鳩羽のいやらしい体は、四日分、確実に開発されている。大丈夫。怖くないから」

大道寺の声がやわらかい。

そのことが、一番怖い。

「ほら、気持ちいいだろ」

張り型が動くたびに、ぬちゅ、という音が漏れた。

潤滑剤《じゅんかつざい》の音。自分が濡《ぬ》れているわけではない。

なのに、どうして、こんなに恥ずかしく感じるのだろう。

「こうやって、押されると」

大道寺の手が動くと同時に、張り型の突起がこすり上げるように感じる部分を滑《すべ》る。

「あぁあっ…」

鳩羽は体をのけぞらせた。

いままでよりも強い快感。

抵抗できないような、そんな快感。

「鳩羽の中、いま張り型をぎゅうぎゅう締めつけてるだろうな。気持ちよくて。内壁がひくついてる」

「ちがっ…やっ…やぁっ…」

中に指なんて入れてないくせに。

ただ張り型を動かしてるだけなのに。

自分の内部の状態なんて、知らないくせに。

「我慢しなくていい」

大道寺は張り型を大きく揺らした。鳩羽はぎゅっと手を握って、我慢しようとする。

「出しなさい」

強くこすられたら、終わりだった。

それ以上は、鳩羽には荷が重かった。

「やだぁぁっ……！」

鳩羽は悲鳴とともに白いものをこぼす。

乳首のときとはちがう、自身をこすられたのともちがう、もっと強烈な何か。

それが襲ってきて、どうにもならなかった。

はあ、はあ、と息を整えていると、大道寺が張り型を抜く。

「よくできました」

「そ…れ…」

息が整っていないながらも、鳩羽は濡れている張り型をなるべく直視しないように聞いた。

「抜いて…くれるんですか…？」

「さすがに、これでずっと前立腺《ぜんりつせん》を刺激したら、鳩羽がおかしくなる」

大道寺の声が、もとに戻っていた。そして、その言葉から、あの部分が前立腺なのだと、鳩羽は初めて知る。

名前は聞いたことがあっても、どこにあるのかは調べてみようと思ったこともなかったから、分からなかったのだ。

「だから、昨日よりも一回り大きい張り型で広げるだけだ。いまはイッたばかりだから休ませてくれるのか、と思ったら、大道寺は潤滑剤を塗った張り型を取り出した。

「快感を体に覚えこませるにはちょうどいい。これが楽に入れば」

大道寺は鳩羽の蕾《つぼみ》を指で左右に広げる。鳩羽はまだ胸を上下させて、激しい呼吸をしている状態なので、抵抗もできない。

「たいていのものは入る」

ゆっくりと、張り型が中に入ってきた。鳩羽は小さく声を漏らす。

ここ三日、張り型に慣らされているので、楽にではないけれど、それは着実に中に埋《う》め込まれていく。いままでのと大きさがかなりちがうのか、すごい圧迫感だ。

「痛いか?」

「…痛いと答えたら、抜いてくれますか?」

ムダだと知りつつ、聞いてみた。案の定、大道寺は首を横に振る。

「抜かないが、一応、参考にはする」

「痛くはないけど、いっぱいに広がってる感じがします」

自分の体のことは大道寺のほうがよく分かっているにちがいない。

だから、鳩羽は正直に答えた。大道寺が目を細める。

それは、いい子だ、と言っているようにも見えた。

「じゃあ、これで一晩過ごさせて、明日は乳首と前立腺で一度ずつイカせて、本番か」

「…え?」

鳩羽は首をかしげた。

「それだと、あさってが本番になりませんか?」

オークションは一週間後のはず。だったら、あと三日ある。

「あ、なんでもない、なんでもない」

大道寺が少し慌てたように答える。不審《ふしん》に思いはするものの、どうせ、教えてくれるつもりはないだろう。だったら、聞くだけムダだ。

特に、こんなだるいときには気力も体力も続かない。

「それより、寝ろ」

大道寺が、ぽん、と頭をたたいた。

寝る前は、かならず、これをやられる。不快に感じてもいいはずなのに、そんなことはまったくないまま、もう四日が過ぎた。

いまでは、大道寺にそうされると、自然に眠くなってくる。

人間は慣れる生き物だ。

大道寺の言葉を、こんなことで実感しなくてもいいのに。

「とにかく、あと三日。というか、調教するのは正味二日で、三日後はオークションが開催されるから、それまでにどれだけ仕上げられるか、だな」

肝心《かんじん》の仕上げられるものが自分自身なのに、そうですね、と同意するのもおかしな気がして、鳩羽は聞き流した。大道寺がベッドから降りる。

「おやすみ」

もう一度、ポン、と頭をたたかれて、鳩羽のまぶたが自然に降りた。

眠りは、あっという間に訪れた。

4

髪にドライヤーを当てられながら、鳩羽は複雑な気分でじっとしていた。

大道寺が、武器になる、と判断したものはすべて排除してあるので、洗面所にはカミソリも鏡《かがみ》も（こぶしで鏡をたたき割って、破片でのどを裂かれたらどうする、ということらしい。カミソリはまだ納得いくが、鏡に関してはさすがに考えすぎだと思う）、お湯につけたら相手を感電させられるドライヤーも、もちろん、ない。だから、いつも髪を洗ったあとは、自然に乾くに任《まか》せていた。

なのに、今日にかぎって、鳩羽がシャワーを浴び終わったのを見計らったように大道寺が現れて、髪はふわふわなほうがいい、と、突然、わけの分からないことを言いだしたのだ。いまはドライヤーで鳩羽の髪に熱風を送っている。少しくせ毛な鳩羽は、ドライヤーで乾かした直後は、ふわふわ、と表現してもいいような髪の毛になる。しかし、監禁されて、だれにも見せる必要がないのにそうされる理由が分からない。

「だから、どうして、わざわざ乾かすんですか、って聞いてるんですけど」

「商品はかわいいほうがいいだろう」

「今日じゃないんですよね？」

鳩羽は眉《まゆ》をひそめる。

「何が？」

「オークション。明日ですよね」

昨日は、大道寺の前日の言葉どおり、乳首で一回、前立腺で一回、イカされた。

乳首は、いじられればすぐに反応するようになっている。通常時でも、一週間前の写真があればきっと別人のものだと思うぐらいの大きさにはなった。感じてきたら、もっと、ぷくん、とふくらむ。

まだ二回目の前立腺への刺激も、そこが快感のポイントだと体が覚えてしまったのか、最初のときよりもイクのが早かった。

そして、起きて今日。

まずは朝食を食べて、シャワーを浴びて、また乳首を責められるんだろうな、と思ったら、大道寺がドライヤーを持って登場。

これは、いったい、どういうことだろう。

だけど、さっきから何度質問しても、ごまかされるばかり。

ものすごくいやな予感がするのは、きっと気のせいじゃない。

「今日に早まったんなら、そう言ってください。俺にも心の準備ってものが…」

「心の準備なんかいらない」

大道寺は、きっぱりと答えた。

「たとえ今日がオークションだとしても、なんの準備もしないほうがいい。あと何時間か後にオークションが始まる、などと教えようものなら、鳩羽の性格からして、どうしよう、どうしよう、とうじうじ考えて、悪い想像ばかりして、結局、恐怖に負け、怯えた表情で舞台に上ることになるだろう。そうしたら、どうなると思う?」

「…みんなが、かわいそうに、と考えて、入札をやめてくれます」

「アホか」

その言葉と同時に、頭を、軽く、こつん、とぶたれる。

「自分でも信じてないことを口にするな。どうなるか、ちゃんと分かってるんだろ」

鳩羽はうなずきたくなくて、じっと前を見つめた。

大道寺が以前、言っていたように、人間オークションに参加する人たちがサディスティックな性格ならば。

いまにも泣きそうな顔で怯えている商品なんて、是《ぜ》が非《ひ》でも競《せ》り落としたいに決まっている。

手に入れるのは、商品への執着心《しゅうちゃくしん》が一番強い人。

つまり、一番、鳩羽にひどいことをしそうな人。

「だから、オークション当日も、直前まで鳩羽には教えない。リラックスしたまま、こんなことなんでもない、って顔で出ろ。そのほうが変態の興味をそらしやすい」

「大道寺さんは」

鳩羽が振り向こうとすると、ぐいっ、と頭を戻される。

「乾かしてるんだから、動くな」

「オークションに参加するんですか?」

気にせずに、鳩羽は続けた。察しのいい大道寺のことだから、鳩羽の言いたいことを分かってくれるだろう。

「参加というか、その場にはいる」

「じゃあ、だれも落とせないんですね」

それがいいことなのか、悪いことなのか、鳩羽には分からない。

大道寺がオークションで人間を競り落としたい、と考えるほど鬼畜《きちく》じゃなかったことを喜ぶべきなのか、大道寺に自分が競り落とされる可能性がないことを悲しむべきなのか…。

え、待って、待って、待って。

鳩羽は呆然《ぼうぜん》と目を見開いた。

いま、何を考えた?

俺は、何を、考えた?

ぶんぶんぶん、と首を横に振ったら、大道寺の怒鳴り声が降ってくる。

「だから、動くな、って言ってるだろうが!　もうちょっとで終わるから、おとなしくしてろ」

だって、でも、そんなこと言われたって。

頭の中が混乱する。

大道寺に競り落とされたいと思ってる？

鳩羽は自分の心に聞いてみた。すぐに、そんなわけがない、という返事が返ってくる。

頼まれて断れなかったにしろ、自分の体をこんなふうにした責任は大道寺にある。最初ほど怖くはないし、印象もちょっとだけだけどよくはなってきたが、憎む対象であることには変わりない。

だから、大道寺に競り落とされたい、なんて、みじんも思ってない。

でも、見知らぬ他人ならいいかというと、それはまたちがう話。明日、初めて会う、どんな顔で、どんな年齢で、どんな性格で、どんなしゃべり方かも知らない人のところに性奴隷として売られるなんて、そんなの絶対にいやだ。

考えないようにしていたことが、実感となって鳩羽の心に入ってくる。

そうだ。今夜眠って、そのつぎの日。

自分はオークションにかけられるのだ。

そのあとは、一番高値をつけた相手のところで。

名前も知らない男のもとで。

自分の体だけを武器に、セックスをするための道具として生きていくことになる。

ざーっ、と、体中から血の気が引いた。

調教されているときですら、いやでいやで仕方がなかった。

こんなの屈辱的《くつじょくてき》だ、と、ずっと感じていた。

それでも、大道寺は、商品だから、と気を遣ってくれていたのだ。

それがなくなって。

自分のものだから好きにして何が悪い、と考えるような飼い主のもとで暮らさなければならないとすれば。

それは、目の前が真っ暗になるほどの恐怖。

だけど、それを悟《さと》られたくなくて、鳩羽はどうにか平然とした声を出す。

「大道寺さんは、どうしてオークションに参加しないんですか？」

「だから、さっきも言ったように、その場にはいる」

「でも、落とせないんですよね？」

「落とせないいんじゃない。落とさないんだ」

大道寺は、心外な、という口調で言った。

「俺は、他人が調教した商品に興味がない。金を出してまで買いたいというやつの気がしれない。だから、オークションも眺《なが》めているだけだ」

「じゃあ、どうして、参加するんですか？」

オークションに興味がないなら断ってもよかっただろうに。調教役も、大道寺しかできないわけでもないし。

あ、そういえば…。

鳩羽は、初日の大道寺の言葉を思い出した。

「来年、自分が何を催すか決めるためだけに？」

自分が調教した商品が一番高額なら、来年、どんなイベントをやるのか決められる、という話だったはず。

「よく覚えてるな」

大道寺が感心したようにつぶやく。

「そうだ。来年、自分がやりたいことを開催するためだけに参加している。ちなみに」

鳩羽の質問をさえぎるように、大道寺が続けた。

「何をやりたいかは、まだ考えていない。負けるつもりはないが、人生、何が起こるか分からないということも分かっているからな。ぬか喜びはしたくない」

「もし、大道寺さんが一番じゃなくて、来年も人間オークションなら」

鳩羽はささやく。

「また、俺みたいにさらわれてきた人を調教するんですか？」

「さあ」

大道寺は肩をすくめた。

「それもまた、来年になったら考える。それより、乾いたぞ」

ドライヤーの音は、とっくにやんでいる。鳩羽はようやく大道寺のほうを見た。

「いまから、何をやるんですか？」

「明日のリハーサル。とりあえず、ベッドに乗っとけ」

ベッドを指さされて、鳩羽は、ぽん、と飛び乗る。それもまた、慣れた行為。シャワーを浴びたら裸のままでベッドの上に寝かされて、乳首だけでイカされる。

初日から五日間、ずっとやられてきたことだ。

「明日もベッドの上なんですか？」

「あいっかわらず、質問が多いやつだな」

大道寺は顔をしかめた。

「ですか、ですか、ですか、って、おまえはそれが口癖《くちぐせ》なのか」

「だって、分からないことばかりなんですよ？」

鳩羽は不満げに口をとがらせる。

「俺の立場にもなってみてください。聞きたいことばかりに決まってるじゃないですか」

「おまえ、明日になったら俺のもとを離れられると思って、強気になってないか？」

大道寺は、じろり、と鳩羽をにらんだ。

「まだ調教中だぞ」

「分かってますよーだ」

たしかに、そうだ。

大道寺の言葉で、鳩羽は気づく。

明日になれば、知らない人のところに行かなければならないだけじゃない。

大道寺ともお別れなんだ。

よかった、とほっとしたかった。

嬉《うれ》しい、と思いたかった。

なのに、さっきよりも強い不安に襲われる。

大道寺の指導がないまま、大道寺に指示も仰《あお》げず、自分はやっていけるのだろうか。

これはいい、あれはだめ。

そういうことを教えてくれる人がいなくて、これから先、ちゃんと生き抜いていけるのだろうか。

逃げそこなうか廃人。

大道寺の言葉が、頭の中をぐるぐると回る。

自分がなるとしたら、どっちだろう。

「聞いてるのか?」

大道寺に聞かれて、鳩羽は我に返った。きょとんと大道寺を見ると、あきれたような顔をしている。

「明日はステージがあって、そこで裸か裸に近い、とにかく、競り落とそうとするやつらをあおるような格好をしてもらう。鳩羽には首輪をしてもらって、そこには太い鎖《くさり》がついているから、それをステージ上の椅子《いす》につないで、そこに鳩羽を座らせる。当然、椅子はステージに固定ずみ。つまり、いったん、そこに上がったら、絶対に逃げられない、ということだ。ライトは鳩羽を照らすわ、周りは欲望の塊《かたまり》みたいなやつらばかりだわ、で、鳩羽はかならず萎縮《いしゅく》するだろう。そこまで想定していた俺は、こんな装置をつくってみた」

大道寺が手にリモコンを持って、ピッ、とどこかを押した。その瞬間、静かな振動がして、鳩羽のベッドが動き出す。

「なっ…大道寺さん、これっ…！」

「降りるなよ。しばらくかかる」

ベッドが壁際まで寄せられると、大きく開いた部屋の中央にステージがせり出してきた。鳩羽は、ぽかん、と口を開ける。

「まあ、だいたい、こんな大きさのところに明日は乗せられると思え」

鳩羽はそのステージを見ているうちに、どうしてもこらえきれなくなった。

バカみたい。バカじゃない。バカに決まってる！

ステージっぽいものを用意すればいいだけなのに。毛布でもラグでもなんでもいい。四角ければ丸く切ればいい。高さなんて、どうでもいい。ベッドも自分で動かせばいい。

なのに、とんでもない額のお金をかけて、こんなからくり部屋をつくるなんて、金持ちって生き物は。

笑いたくなかったのに、もう我慢できなかった。鳩羽は大きな声で、おなかを抱えて笑う。

「これっ…いくらかかったんですかっ…?」

「あのな、そんなのいちいち知るわけがないだろう。こういうものをつくってくれ、了解しました、が普通なんだから」

本当に、金持ちってバカだ。

涙が出るまで笑うと、鳩羽はベッドを降りた。せっかくつくったんなら、活用しない謂《いわ》れはない。

ステージは結構狭かった。座っているだけでいいらしいから、それも当然かもしれない。

「今日はここで何をするんですか?」

「最後の調教を、ベッドじゃなくてそこで。舞台に慣れろ、と、さっき言ったよな」

そういえば言われた気もする。

「この上で調教されたら、明日、気が楽になりますか?」

「恐怖にどうにかなりそうになったら、今日のことを思い出せ。そうしたら、怒りのほうが勝って、怖くなる」

ウインクされて、なるほど、と鳩羽は納得した。

ここでひどいことをされていれば、たしかに、物怖《ものお》じはしなくてすむかもしれない。

…いや、待った。俺、だまされてない？

ま、いいか。

鳩羽は大道寺を追及する前に、あっさりとあきらめる。

どうせ、今日で最後。明日の朝、乳首でイカされるかもしれないけれど、それを入れても回数はそんなにない。

だったら、一回ぐらいステージ上で調教されたっていい。

「分かりました」

鳩羽はうなずいて、ステージを見た。

「でも、ここに裸で寝るのはほこりがつくからいやです」

ずっと床の下に収納されていたステージの表面は、あまりきれいではない。大道寺が、当然、とばかりに白いラグをそこに敷いた。足を乗せると、ふかふかで気持ちいい。

「床の上にこのラグを敷いてすれば、お金を使わなくてすんだと思うんですけど」

最後の抵抗とばかりにそう告げると、大道寺は不審そうな顔をする。

「そんなはした金を節約して、何かいいことがあるのか？」

「…ないでしょうね」

しょせん、住む世界がちがうのだ。

鳩羽はそれ以上は何も言わずに、ラグに腰を降ろした。

そこは、とても心地《ここち》よくて。

いまからお昼寝をするんだったらよかったのに、と思う。

調教じゃなくて、お昼寝なら。

ありえない、と分かっているのに。


いつもみたいに乳首をいじられるのだと思っていたら、ちがった。昨日一晩中、張り型を含まされていた後ろを探られる。

「んっ…」

大道寺の指を飲み込んで、鳩羽は甘い声を漏らした。最近は、我慢してもしょうがない、と割り切って、あえぐことにしている。

そのほうが緊張《きんちょう》せずにすむし、体への負担が少なくなると分かったから。

いつもは横にならされるのに、なぜか、いまは座った状態。壁を向いて、後ろには大道寺が鳩羽の体重を受けとめるような格好で膝立《ひざだ》ちをしている。

その体勢はつらいんじゃないだろうか、と思ったものの、そのうち、大道寺を心配する余裕はなくなってきた。

くちゅ、と音を立てて中を掻《か》き回しながら、大道寺が前立腺をこすったからだ。

「やぁっ…」

鳩羽は、ぶんぶん、と首を振る。前立腺は、二日前よりも確実に感じるようになっていた。

「あっ…やっ…」

大道寺の指が、そこを、ぎゅっ、と押さえる。鳩羽の内壁が、ひくん、ひくん、と震え始めた。

「うん、やわらかくなってるな」

大道寺は確認するようにつぶやく。

「これなら大丈夫だろう。だが、まずは」

大道寺は、昨日の夜に鳩羽の中に入れていた張り型を取り出した。突起のついてないそれに、鳩羽は眉をひそめる。

「あれじゃ…」

鳩羽は大道寺を振り向いた。

「…なくていいんですか?」

「あっちのほうがよかったか?」

大道寺はにやりと笑う。そういう意味じゃないのに、と思った瞬間、鳩羽の頬《ほお》が、カーッ、と染まった。

「たしかに、あれだとイキやすいが、普通、性器にあんなものついていない。まあ、この張り型みたいに完璧な形ってこともないが、どっちかというと、このほうがまだ実物に近いからな。これでちゃんとイケるかどうか試さないと、商品としては成り立たないだろう」

「もし…」

鳩羽は大道寺をじっと見つめる。

「商品としてダメならどうなるんですか?」

「買い手がつかない」

「そのあとは?」

買い手がつかなかったら、俺はどうなるんですか?

口には出さなかったそれもちゃんと読んだだろう大道寺は、肩をすくめた。

「どこかに一生幽閉《ゆうへい》されるか、タダでもいいならもらってやる、という物好きなやつのところに行かされるか、ものすごく運がよければ、何もされずに解放されるか、そのどれかだな」

「…え?」

ってことは、ちょっと待った。

調教されなかったほうがよかった、ってこと!?

心が折れなくて、ずっと反抗したまま、一週間耐え切っていたら、商品価値がないとみなされて解放されてた可能性があるってことだよね!?

「だだだ、だま…」

「あのな、ものすごく運がよければ、ってのは、可能性としてはゼロじゃないがかぎりなくそれに近い、って意味だ。よく考えろ。最初に鳩羽を見初《みそ》めたやつがいるんだ」

大道寺に言われて、はっと気づく。

そうか。そうだよね。

だれかが鳩羽に目をつけなければ、ここに連れてこられることもなかった。

「そいつは、かならず落札しようとする。それ以外も、新しいペットが欲しい、退屈しきった連中ばかりだ。買い手がつかないなんてことがあるわけないだろ」

鳩羽は、がっくり、と肩を落とした。

たしかに、大道寺の言うとおり。

だったら、おとなしく調教されていたほうがいい。これからの生活のことを考えたら、それが自分のためだ。

「だから、前立腺をいじられなくてもここでいけるようになれ」

ここ、と同時に、内壁を、ぐるり、と指でなぞられる。前立腺じゃなくても、中をいじられるだけで、小さなあえぎが漏れた。

「そう、それでいい」

大道寺は満足げだ。

「張り型を入れるぞ」

大道寺は鳩羽の足を左右に開かせて、蕾をあらわにしたところで、そこにゆっくりと張り型を埋めていく。何度か抜き差ししながら、根元の栓《せん》のところまですべて、中に沈《しず》めた。

「どんな感じだ？」

「いっぱいに…広がってますっ…」

前立腺を刺激する突起があるのよりは快感が少ないが、それでも気持ちいいことには変わりない。

そのことに落胆《らくたん》するのはもうやめた。

明日になれば、自分は売られる。

だったら、セックスは気持ちいいほうがいい。

…そうとでも思っておかないと、恐怖が全身に回ってしまう。

「広がってるだけか？」

大道寺は張り型をほんの少し抜いた。そこで細かく動かし始める。

「あっ…んっ…やっ…」

鳩羽は、いやいや、をするように首を振りながら、体をのけぞらせた。後ろにいる大道寺が、その鳩羽を受け止めてくれる。

「気持ちいいんだろ?」

「気持ちっ…いっ…ですっ…」

大道寺は張り型を上下に揺らした。そうされることで、内壁のいろんな部分に張り型が当たる。

「あっ…あっ…」

「ああ、忘れてた」

大道寺は張り型を出し入れしながら、鳩羽の右の乳首に触れた。そうされるだけで、鳩羽の体は、びくびくっ、と震える。

「いやぁっ…」

激しくこすられるとすぐにイッてしまうぐらい感じやすくなってしまった乳首は、指先の愛《あい》撫《ぶ》だけで、すぐに、ぷくん、とふくれた。反対側にも指を伸ばされて、そっちもとがらせられる。

「あっ…あっ…やぁっ…」

指で乳首を交互になぶられ、張り型を、ぐちゅ、ぐちゅ、と音をさせながら操られ、鳩羽の体の熱がどんどん上がってくる。

「んっ…あっ…イッちゃ…」

「我慢しろ」

いままで一度も言われたことがないそれを、最初は理解できなかった。

イけ、と命令されたことはあっても、せきとめられたことはなかった。

驚いて大道寺を見ると、大道寺はにやりと笑っている。

「もっとお客様を楽しませないとな。正確に言えば、お客様候補、だが」

大道寺は鳩羽の乳首から手を離すと、そばに置いてあったリモコンを取った。

ステージをしまうのなら、ここから降りないと。

そんなことをぼんやりと考えていたら、ピッ、という音とともに、目の前と右側の壁が透明になる。

鳩羽は気づいたら、叫《さけ》んでいた。

声をかぎりに、恐怖のあまり、泣き叫ぶように。

透明な壁の向こうには、人、人、人。全員が食い入るように鳩羽を見ている。

「やだっ…やっ…何かっ…着るもの…」

裸を隠さなきゃ。ちがう、されていることをやめさせなきゃ。

それも、ちがう。

張り型を、抜いてもらわなきゃ。

頭の中はパニックで。

いつからこの人たちがいたのか、どこから見られていたのか、それも気になるし、こっちが向こうから見えているのか、それともマジックミラーなのか、そういうことも知りたい。

何をすればいいのか分からない。

「あの人たちは」

しばらく鳩羽が叫ぶに任せていた大道寺が、ようやく口を開いた。

「明日、オークションで鳩羽をいくらで買おうか判断するためにここに来ている。ステージに上がった瞬間から、向こうに見えるようになっているんだ。いまは、こっちからも見えるようにしてあるだけで、壁を戻すこともできる。だが、それをするつもりはない。いいか、鳩羽。あいつらをよく観察しろ」

大道寺が鳩羽の耳元でささやく。

「俺たちの声は聞こえてないから心配しなくてもいい。鳩羽のあえぎが聞けるのは、競り落としたやつの特権だ。が、唇を読めるやつがいないともかぎらないから、用心するにこしたことはない」

だから、耳に口をくっつけるようにしゃべっているんだ。

大道寺の説明に、鳩羽の心拍数《しんぱくすう》がだんだんもとに戻ってきた。壁の向こうの人たちの顔を見る冷静さも出てくる。

時代劇に出てくる悪代官みたいな人たちばっかり。

それが、最初の感想。

もともとの顔立ちはいい人もいるのかもしれないが、長い年月、悪いことばかりをし続けたせいか、どの顔もかなりゆがんで見える。

「やつらの胸元を見てみろ」

鳩羽は、さっ、と目を走らせた。

「白い花が飾ってあったら、明日、鳩羽の競りに参加する意思あり、ということだ。何もなければ様子見。興味がないやつは帰っていく。しかし、鳩羽は優秀だな」

いまはすでに半分ぐらいの人が、胸元に花をつけている。

「普通は、実際、セックスするところを見ないと花はつかないものなんだが。隠してても匂《にお》いたつ、鳩羽の色香にやられたか」

「…実際？」

鳩羽は驚きすぎて、なにがなんだか分からなくなってくる。

実際のセックスって？

あの人たちのだれかとするの？

いやだ、いやだ、いやだ。

自分を見ているだれのところにも行きたくない。

脂《あぶら》ぎった、人を人とも思わなそうな、だけど、性欲だけはいまだに衰《おとろ》えてない老人のもとで性奴隷になんてなりたくない。

「そう、実際」

大道寺は張り型を抜いた。何もなくなった中は、ひくん、と一度だけひくついて、すぐに閉じようとする。そこに視線を感じた。

何十人といる人たちの目が、いっせいにそこに集まってくるのが分かった。

必死で足を閉じようとするのに、大道寺は許してくれない。それどころか、逆に入り口を開いて見せつけるようにする。

「やだぁっ……!」

鳩羽が顔をどれだけ背《そむ》けても、正面と右、二方向からのそれから完全に逃《のが》れることはできなくて。

視線が痛い。

その言葉を、初めて実感する。

「大道寺さっ…おねがっ…なんでもするからっ…」

この人たちに見られなくてすむなら、なんでもするから。

「オークションに参加する人たちは、商品のことをきちんと知っておきたいものなんだ。鳩羽のここの状況とか」

ここ、と同時に、めくれた粘膜を撫《な》でられた。鳩羽が、びくっ、と体を震わせる。

「いじられるとどんなふうになるのか、とか」

中に指を入れられて、鳩羽はあえいだ。

声は聞こえていない、と、大道寺は言っていた。それが本当だと祈るばかりだ。

こんな声、大勢の人たちに聞かれたくない。

「男性器を入れられたらどんな反応をするのか、も」

男性器？　そんなもの、ここには…。

鳩羽の体が軽く持ち上げられた。大道寺がラグの上に座り、そこでようやく、鳩羽は気づく。

入れる男性器なら、ここにある。

いままで張り型でしか調教されてなかったから、すっかり忘れていた。

大道寺がしようと思えばいつだってセックスできたことなんて、頭の中から、すっぽりと抜け落ちていた。

だけど、思い出したときにはもう遅い。

「だめぇえっ…！」

指ともちがう、張り型ともちがう、熱を持った大道寺自身が入ってきた瞬間、鳩羽は全身を震わせながら、欲望を放出した。観衆の白い花が、その瞬間、一気に増える。

「いい子だ」

大道寺が鳩羽にささやいた。

「これで、鳩羽には高値がつく。入れられた瞬間に放つ、なんて、そうそうあるものじゃないからな」

どうでもいい。

鳩羽はうつろな目で、周囲を見ながら、心の中でつぶやく。

もう、どうでもいい。

せっかく、くっついたと思っていた心のどこかが。

自分を支えていた部分が。

ぽきん、とまた折れたのが分かった。

衆人環視の中、大道寺を入れられてすぐにイク。それを、全員に舐《な》めるような視線で見られる。

それ以上に屈辱的なことがあるのだろうか。

売れればいい。

鳩羽は、ぼんやりと思った。

だれにでも売れればいい。

男を飲み込んですぐにイク、淫乱《いんらん》だと判断すればいい。

それで、鳩羽が壊れるまで抱きまくればいい。

…もう、いやだ。

鳩羽は泣きたい気分でうつむいた。

だけど、泣かない。

こんなやつらに涙は絶対に見せない。

「体勢を変えるぞ」

大道寺にささやかれて、こくん、とうなずいた。つながったまま、体を、くるり、と入れ替えられる。膝と両手で体を支える四つんばいのような屈辱的な格好にもなんとも思わない。

大道寺の両手が、前に回された。乳首をつままれて、鳩羽の体は、ぴくん、と跳ねる。

「あっ…あっ…」

こんなに、何もかもがどうでもいい、と思っているのに、それでも、体は正直で。

乳首をいじられれば、そこは指を跳ね返すかの勢いでとがるし、中を突かれれば、体をのけぞらせながら受け入れる。

目の前には、白い花がたくさん。

それが意図することなんて、考えない。

乳頭を指の腹でこすられる。指ではさまれて、左右に揺すられる。ぎゅっと下に引っ張られる。ふるふる、と上下に動かされる。

そのたびに、鳩羽は甘い声であえいだ。鳩羽自身は、もう透明なものをこぼし始めている。

内部を出入りしている大道寺のものは、鳩羽の感じる部分を先端でついたり、奥を突き上げたり、全体をこすったり、いったん抜いて入り口をつついたり。

それも気持ちいい。

乳首と中。

そこを責められるだけで、何も考えられなくなってくる。

これなら。

鳩羽は、あっ、あっ、と短くあえぎながら思った。

これなら、大丈夫。

おなじことを明日からやるだけ。

だれが相手でもおんなじ。

だれかに見られても、平気。

今日できたんだから、明日からも涼しい顔でやってやる。

二回目は、最初よりも長くもった。大道寺がうまくコントロールしてくれているからだと、鳩羽には分かっている。

さっさとイカせたいなら、鳩羽の弱いところばかりを責めればいいのだから。

鳩羽が白いものをこぼした瞬間、部屋の電気が消えた。きっと、大道寺がリモコンか何かで操作したのだろう。全身の力が抜けて、ぐったり、とラグに横になっている鳩羽の中に、温かいものが注ぎ込まれる。

イッたんだ。

ぼんやりと鳩羽は考えた。

大道寺もイッたんだ。

それが、すごく不思議なことに思える。

商品なのに。

自分にまったく興味がないくせに。

今日だって、セックスしているところを平然と見せたくせに。

欲望なんてかけらも抱いてないだろうに。

それでも、自分の中でイッたんだ。

「明日は」

暗闇《くらやみ》の中、大道寺の声が響《ひび》いた。

それがいい。

顔なんて見たくない。

大道寺を目にした瞬間、自分がどうなってしまうか分からないから。

なんてひどいことをしたんだ、と食ってかかるなら、まだいい。

おまえなんか大っきらいだ！　と叫ぶような元気があれば、明かりをつけられても平然としていられる。

だけど、怖いのはそれじゃない。

そんなことじゃない。

「オークションが始まる直前に迎えに来る。それまで寝てられるか？」

こくん、とうなずいて、ああ、そうだ、この暗さじゃ見えないんだ、と気づいた。

「…寝る以外に、何をするんですか？」

「自力で寝られないなら、さらったときとおなじように薬を打とうと思ってな」

ああ、そういう意味か。

最後の調教は終わった。あとは、オークションにかけるだけ。

それ以外のめんどうを見るつもりはない。

だから、無理やり眠らされるか、自分でおとなしく眠るか、どっちかを選べ。

そういうことだ。

「寝逃げします」

いやなことがあったら、眠くなるようにできている。現にいまも、すごく眠い。

「そうか」

大道寺は、ぽん、と鳩羽の頭を一度だけ撫でた。

寝る前に、いつもされること。

それを跳ねのけたいのに。

触るな！　とわめきたいのに。

どうしてか、それを、心地いい、と感じてしまう。

…早く寝よう。

鳩羽は、ぎゅっと目を閉じた。

おかしなことを口走る前に。

自分が一番言葉にしたくないことを告げる前に。

さっさと眠ってしまおう。

「鳩羽は優秀な商品だった」

過去形。

それに、どうして、胸が痛むのだろう。

ずきずき、と、まるで何かを訴えるみたいに、心臓が音を立てるのだろう。

「この部屋を出たら、俺がしてやれることは何もない。頼みたいことがあるなら、いまのうちだぞ」

鳩羽は、ぎゅっ、と唇を噛んだ。

素直にあえぐようになった原因のひとつは、唇を噛みすぎて、切れてしまったから。その痛みがいやで、口を開くようになった。

だけど、いまは思い切り噛む。

何も言わないように。

言葉を発しないように。

「ないみたいだな」

ほっとしたように聞こえるのは、鳩羽の気のせいだろうか。

「それじゃあ、明日、俺は鳩羽争奪戦を、輪の外で楽しく見ている。高値がついたら、俺のおかげじゃない。鳩羽自身の魅力だ。それを覚えてろ」

覚えていたからといって、どうなるのだろう。

オークションで買われて、性奴隷としての生活が始まるだけなのに。

覚えていていいことはまったくないのに。

だけど、鳩羽は唇を閉じたまま、言葉を発しない。疑問も口にしない。

「おやすみ」

そう告げる大道寺の声は優しかった。

大道寺から聞く、最後のおやすみ。

そう思うと、なぜか涙がこぼれそうで。目も、ぎゅう、と強く閉じる。

ドアが開いて、バタン、と閉まる音がした。防音は完璧なので大道寺の足音はまったく聞こえないけれど、完全にいなくなっただろう、と思われるまで待つ。

目を開けると、少しだけその暗さに慣れてきていた。うっすらと、ベッドのある位置が分かる。

だけど、動きたくない。

このまま、ラグの上で体を丸めていたい。

「…大道寺さんに買ってもらうことはできないんですか?」

鳩羽は、そっと口に乗せた。

さっき言いたくて。でも、言うわけにはいかなくて。

ずっと我慢していたこと。

壁の向こうにいる人たちに競り落とされるぐらいなら、大道寺に買ってほしかった。

逃げる、という選択肢がないなら、それが、鳩羽の一番の望み。

だけど、無理だと知っているから。

商品に興味はない、と、大道寺ははっきりと言った。

他人に調教されたものに興味はない、と。

その『他人』には、きっと大道寺本人も入っていて。だからこそ、鳩羽のこともいらないはずで。

頼めなかった。

だから、唇を、ぎゅっと噛んで、死ぬ気で耐えた。

大道寺を困らせたくないから。

…ううん、ちがう。

大道寺にきっぱりと断られたくないから。

明日からの生活に、希望なんて何もない。

だけど、それは、明日から、がいい。

一日繰り上げて、今日から絶望感いっぱいで過ごすことはない。

泣ければいいのに、と思った。

ここで、声を上げてわんわんと泣ければ。

悔しい、悲しい、ひどい、と。

神様も、大道寺も、今日、自分を見ていた人たちも、この世のあらゆるものを恨《うら》みながら泣ければいいのに。

だけど、泣くための感情はもう残っていなかった。

鳩羽はラグのやわらかさを感じながら、眠るために、そっと目を閉じた。

5

迎えに来たのは大道寺じゃなかった。

明かりをつけられて、なるべく元気な顔を、平気そうな表情を、と思っていた鳩羽は、拍子抜けする。

「シャワーを浴びてください」

部屋に入ってきたのは、きちんとスーツを着た、だけど、なんの感情もなさそうな若い男。鳩羽の裸を見ても、その体に残るあとから何をされたか気づいても、眉毛ひとつ動かさない。

鳩羽は男の指示に従って、シャワーを浴びた。出ると、男がタオルを渡してくる。それで体を拭《ふ》いて、バスローブを探した。だけど、ベッドの上には何もない。

「あの…何か羽織《はお》るものは…」

「そのままで、という指示を受けております」

男はタオルを鳩羽の手から取り返すと、ドアを開けた。

「空調は完璧ですので、寒くも暑くもありません。さあ、どうぞ。オークション会場で皆様がお待ちです」

ぞくり、と寒気が走る。

昨日の人たちがいるんだ。

だれの顔も思い出せない。ただ、いやな感覚だけが残っている。

あの人たちが、あそこにいるんだ。

行きたくない。

それは、強い感覚。

このまま逃げ出したい。

部屋を出ることとさえできれば、逃げられるだろうか。この男を倒して、出口へ向かえるだろうか。

「おかしなことを考えるようなら、手をひねりあげて連れて行きますよ」

男は淡々《たんたん》とそう告げた。冷酷《れいこく》な目が、本気だ、と告げている。

自分から足を踏み出す勇気はなかった。

だけど、この人に無理やり連れられるのはもっといやだった。

鳩羽は深呼吸をひとつして、そっと右足を出す。つぎに左足、右足、と交互に動かしていたら、いつの間にかドアの前。ドアが開くと、長い廊下《ろうか》がまっすぐに続いている。突き当たりがきらきら光っているから、あそこがオークション会場なのだろう。

廊下には二メートルおきにガードマンらしき人が立っていた。その人たちも、鳩羽に関心を向けない。ただ、じっと、前をにらんでいる。

逃げられるかも、と考えた自分がバカみたいだ。

ありあまるお金を湯水のように使える大道寺が、そんなへまをするわけがないのに。

逃げられない、と分かった瞬間、鳩羽の覚悟が決まった。

こんな運命、絶対に受け入れたくないけど。

神様の試練だ、などとぬかすやつがいたら、ぶん殴《なぐ》ってやりたいけど。

もう、どうしようもない。

これから、自分はオークションにかけられる。

そのあと、大道寺ではないだれかになぶられる日々が始まる。

ただ、それだけ。

鳩羽はうつむくのをやめた。

まっすぐ前を見ながら、オークション会場へ向かって歩き出した。


首輪をつけられて、ステージ上に出させられた。歓迎の声や、野次《やじ》や、下卑《げび》たからかいなど、まったくない。だれもいないかのように、しん、としている。

だけど、そこには、昨日よりも多くの人たちがいた。

全員がタキシードらしきものを着て、おとなしく席についている。

これなら、普通のオークションと変わらない。

だけど、ちがうのはその視線。

裸の鳩羽のその奥までも見抜こうとする、鋭い視線。

鎖が椅子につながれて、椅子に座らされた。すぐに、スポットライトが鳩羽に当たる。

「お待たせしました」

突然響いた声に驚いて右を見ると、一人の男が立っていた。進行役なのだろうか、手に紙を持って、それを読んでいる。

「昨日、吟味《ぎんみ》されましたこちらの商品、年齢、名前、その他いろいろな情報は競り落とした方だけのものですので、非公開のまま始めさせていただきます。出品者よりのひとことは」

彼はそこで言葉を切ると、いやらしい顔で会場を見回した。

「中の味は絶品、だそうです」

鳩羽は屈辱で赤くなる。だけど、うつむかない。

自分の身を危険にさらすような行為は、絶対に避ける。

それは、大道寺が教えてくれたこと。

そういえば、大道寺はどこにいるのだろう、と目だけで探っても、人がいすぎてよく分からない。後ろのほうは遠い上に暗いから、顔の判別ができないのだ。

「それでは、五千万円からスタートです」

「その前に、肝心な部分を広げてみせてくれ」

「おやおや」

男はおどけたような表情になった。

「それは昨日のうちにすませておりますが、どうしても、と強いご希望ですか？」

「どうしても、だ」

「それならば、一億スタートになります。それでよろしいかたは札をお上げください」

札がいっせいに上がる。進行役は、やれやれ、と肩をすくめた。

「競り落とせなくても、目にやきつけておきたい、ということですね。それでは、大サービスです」

男は、つかつか、と鳩羽のほうへ寄ってくると、無造作に鳩羽の右足に手を伸ばした。それをぐっと胸に押しつけるように曲げる。

「なっ…！」

鳩羽はもがいてどうにか逃れようとするのに、細く見えても力はかなりあるのか、進行役の男はびくともしない。

「あーらら。商品から声が出てしまいましたね。これは、みなさん、ラッキーです」

男は言いながらも、胸元から小さな物体を取り出した。銀色に光る、丸いもの。それを鳩羽の奥まった部分に当てる。

「後ろのスクリーンに映ります」

カメラだ、と気づいたときには、あちこちからため息が漏れていた。

「ピンクできれいですね。これは、お値打ちものです」

鳩羽は、ぎゅっと唇を噛んで、悲鳴やら懇願《こんがん》やら、とにかくすべてを封じ込めた。カメラを持っている男の話から判断するに、すべて秘密なほうがいいようだ。

だから、声を出さない。

「それでは、消します」

男はカメラを引っ込めて、鳩羽の足から手を離した。鳩羽にまったく興味がなさそうなのは、迎えに来た男も、廊下にいた男も、そして、この目の前の男も、すべておなじだ。

それに、なぜだか、ほっとする。

ステージの下に座っているのは、全員、鳩羽に興味があって、鳩羽を競り落とそうと虎視《こし》眈々《たんたん》と狙《ねら》っている。

だけど、そんな人たちばかりじゃない、自分になんの関心もない人たちもいる、と思えるからかもしれない。

「それでは、オークションを始めます。単位は一千万円。十億を超えたら、五百万単位も受けつけます」

……え？

鳩羽は目を見開いた。

十億？　何を言ってるの？

そんな値段、つくわけないじゃないか。

だって、ただのつまらない人間だよ？　男性経験は昨日できてしまったけど、それまではまったく何もしたことがない、平凡を絵に描いたような生き方しかしてないよ？

なのに十億？

そんな価値、絶対にない。

なのに、すごい速さで競りが進んでいく。

「はい、五億三千万円、四千万、六億でました、七億、七億一千万、二千万、はい八億、お、十億ですね。それではこれから五百万単位に下がります」

一分もたっていない。それなのに、値段がつりあがっていく。

あちこちで上がっていた札はどんどん減っていき、いまは五人の争い。十二億を超えたところで二人が脱落した。

鳩羽はその三人の顔を、じっと見つめる。

一人は強欲を絵に描いた、顔も体も丸い、ぎらぎらと欲望に満ちた目をした男。

一人は一見穏《おだ》やかそうな、だけど、けっして目は笑っていない、残虐《ざんぎゃく》なことを平気でしそうな雰囲気《ふんいき》の男。

一人は白髪の、なのに体からも目からも精力があふれている、いまだどこも衰えてなさそうな男。

だれもいやだ。

鳩羽は、くしゃり、と顔をゆがめる。

泣いたらダメ。

泣いたら負け。

この人たちの競りが激しくなっていくだけ。

でも、でも、でも。

助けて。

言葉にはならなかった。

ただ、胸のうちだけでつぶやいていた。

お願い、助けて。

…大道寺さん、助けて。

そう思ったら、終わりだった。

もう、心に秘めておけなくなった。

「大道寺さんっ!」

鳩羽は声をかぎりに叫ぶ。

大道寺に届くように。

この場所にいてくれる、と約束した大道寺のところまで聞こえるように。

「俺を買って！　大道寺さんがいいっ！　ほかの人はいやだっ！　お金なら…どうにもならないかもしれないけど、どうにかするからっ！　だから、おねがい！　俺をこの人たちに売らないで！」

鳩羽が叫んでいても、淡々と競りは進んでいく。

「やだーっ！　大道寺さん、助けて！　やだやだやだ！　大道寺さんじゃなきゃ、やだーっ！」

大道寺にならば、しばらく性奴隷として飼われてもいい。

それが、ずっと、でもかまわない。

この感情が何か分からない。

でも、大道寺以外はいやで。

絶対にいやで。

鳩羽が叫んでから、競りに参加する人数が増えている。

こんなやつらに、絶対に競り落とされたくない！

「百億」

部屋の奥、本当に一番遠くから、聞きなれた声が響いた。あまりの安堵《あんど》に、鳩羽の目から涙がこぼれる。

参加してくれた。

大道寺が、自分を競り落とすために声を上げてくれた。

もう、これで大丈夫。

ほかの人のところに行かなくていい。

なぜだか分からないが、鳩羽はそれを確信する。

大道寺のもとに、これからもいられる。

「あなた、出品者ですよね？」

進行役がけげんな顔をした。

「もし最高値をつけたのがあなただとしたら、来年の権利はなくなりますが？」

「分かってる」

大道寺は静かに言い放つ。

「だか、その前にひとつ確認させてもらう」

大道寺が席を立った。ブラックタキシードを着た大道寺は、まぶしいぐらいにかっこいい。

こんなときだというのに、鳩羽はその姿を見つめてしまう。

大道寺の足音が響いて、ステージのすぐそばまでやってきた。鳩羽は涙を拭いて、大道寺をじっと見つめる。

「俺が競り落としたとしても、立場は変わらないぞ」

大道寺の言葉に、うん、と鳩羽は大きくうなずいた。

「それでも、俺がいいのか？」

また、うん。今度は、言葉にも出す。

「大道寺さんがいいんです」

大道寺以外は、いや。それは、つまり、大道寺がいい。

「じゃあ、まず、その、大道寺さん、をやめろ。名前で呼べ」

大道寺隆稔《だいどうじたかとし》。

忘れてない。ずっと覚えてる。

だから、すっと口に出せた。

「隆稔…さん…？」

「あと、敬語もやめろ。いらつく」

はい、と言おうとして、慌てて、訂正する。

「…うん、分かった」

「じゃあ、もう一度頼め」

大道寺が、にやり、と笑った。

「俺の言ったことに注意しながら、もう一度頼め」

鳩羽は頭の中で整理して、それから、口を開く。

「隆稔さん、俺を買って。いっぱい調教していいから。俺、がんばるから。だから、隆稔さんが買って」

「よろしい」

大道寺はうなずくと、会場を見回した。

「百億以上はいるか？」

さすがに、だれも札《ふだ》を上げない。当然だ。十二億から、ぽん、と百億に飛んだのだから。

それと、ほかの要因も分かっている。

だれかのものを奪うなら、いまじゃなくて、もっとあとからのほうがいい。そっちのほうが楽しい。だったら、しばらく時間をやれ。おたがいに気を許しあったところで手をつけるほうが断然おもしろい。

そんな雰囲気を感じる。

将来、大道寺が自分に飽きて、どこかに売られるかもしれない。

鳩羽はあきらめというよりは、起こりうるかもしれない可能性、としてそれを考えてみる。

それでもいいか、と思った。

いま、ほかのだれかに売られるよりは。

一番買ってほしかった人が、競り落としてくれた。

そのことを素直に喜ぼう。

「じゃあ、百億で。あとから売買契約書にサインをする。鍵《かぎ》をくれ」

大道寺はステージに上がって、進行役に近づいた。進行役はため息とともに、ポケットから鍵を出してそれを差し出す。

「つまらないオークションだこと」

「そうか？　俺はおもしろいオークションだったがな」

「そりゃ、自分で全部かっさらっていったんだから、当然でしょうよ」

「ちがうな」

大道寺はマイクに顔を近づけて、にやりと笑った。

「鳩羽はフェラを仕込んでない。昨日、ところてんができたぐらいで、みんなだまされて、おもしろいな、と思ってたんだ」

会場から失望のため息が漏れる。

「…だとしたら、一千万スタートじゃないですか」

「だれも、仕込んでない、とは書いてない。ただ、わざと隠しただけだ」

ガタン、ガタン、ガタン、と椅子から立ち上がる音が続いた。あっという間に、会場が空になる。

「これじゃあ、つぎにオークションかけてもだれも来ませんね」

「それが狙いだったって言ったら？」

大道寺が両手を広げて、肩をすくめた。進行役も、おなじポーズを取る。

「そんなに大事なら、最初から引き受けなければいいのに、と思いますよ」

「最初からかどうかは分からないだろう」

「ま、あなたのものですから、お好きになさってください。ガードマンとか、全部、引き上げさせますね」

「ああ、よろしく頼む」

進行役は、ひらひら、と手を振ると、鳩羽が連れてこられたドアの向こうに消えた。残されたのは、鳩羽と大道寺だけ。

「さて、と」

大道寺は鍵をちらつかせた。

「その首輪を取るためにこの鍵があるんだが、その前にしなければならない儀式《ぎしき》がある」

「百億……」

鳩羽は呆然と大道寺を見つめる。

「俺、絶対に返せない」

「百億なんてはした金、どうでもいいんだよ」

大道寺はいらついたように言った。

「それより、見学だけですませるつもりだったのに、わざわざ競り落としてやった俺の言うことを聞く気はないのか」

「あるっ！　あるけどっ！」

鳩羽は声を落とす。

「百億だって…。俺に、そんな価値ないのに」

「まあ、価値があるかないか、といえば、ない」

あっさりと認められて、鳩羽は、ますます落ち込んでしまう。

そうだよね。ないよね。

なのに、百億なんて大金を払ってくれた。

恐怖に負けてしまった鳩羽のために。

助けを求めた鳩羽のために。

「あの…俺…もっかいオークション…」

「しても買い手はつかないぞ。フェラができるかどうかは、実はかなり重要でな。それがうまくなければ、値段は下がる。いくら中の具合がよくても、自分に奉仕してくれる存在、のほうが価値は高いんだ」

分かるような、分からないような。

「だから、金のことでぐだぐだ言うのはやめて、俺のいうことを聞け」

「あ…うん」

そういえば、やることがあるとかないとか。

「俺がこの一週間で、一回もしなかったことはなんだ?」

「…フェラチオさせること?」

「まあ、それも正解だが。そうじゃなくて。セックスをしたことがない鳩羽にはむずかしい問題かもしれないが、よく考えてみろ。好きなやつができた。まず最初に何をする?」

「告白?」

「…飛ばせ」

大道寺はため息をつきながら言った。

「そういうことは、とっとと飛ばせ。告白した、オーケーされた。そのつぎは?」

「デート?」

「…じゃあ、まあ、デートでもいい。デートのとき、何をしたい?」

「おしゃべり」

「うざいっ!」

大道寺はわめく。

「おまえはどこの健全な中学生だ! しゃべって、食事をして、手をつないで、公園のベンチに座った。相手はじっと自分を見つめている。さあ、何をしますか!」

やけくそのように問いかけられて、鳩羽はようやく理解した。

たしかに、自分の言ったことは中学生みたいだ。

「キス」

「はい、正解！」

これまたやけ気味に。

「まさか、キスごときの答えを導くのに、こんなに時間がかかるとは思わなかった。学校の勉強以外、一切できないのもよく分かる。おまえ、経験から推測を広める、とかできないだろ」

「できないから、仕事もできない…んだよ…ね…」

的確なダメ出しに、鳩羽は、ずん、と落ち込んだ。大道寺がその頭を、くしゃり、と撫でる。

「ま、仕事はこれから先、一生やらなくてもいいから安心しろ。っていうか、そういう話でもないんだよ。競り落とした相手に忠誠を誓《ちか》うためにすることはなんでしょうか！」

このやけさ加減は、さっきとおなじ。

…ということは。

「キス？」

「またまた正解！」

大道寺が、ぱちぱちぱち、とおおげさに拍手をする。

「というわけで、鍵を外してほしければ、俺にキスしろ」

「…え？」

鳩羽はきょとんと大道寺を見た。

「あのな、はした金とはいえこの俺に百億を出させておいて、キスすらできない、とか言いやがったら…」

「ちがう、ちがう、ちがう、ちがう」

鳩羽は、ぶんぶん、と首を横に振る。

「そうじゃなくて、キスぐらいで鍵を外してくれるのか、って思っただけで…」

「キスぐらい？」

大道寺は、はっ、と吐き捨てた。

「いままでだれともキスしたことがない男が、キスぐらい。できるもんなら、やってみやがれ」

たしかに、キスをしたことはない。

そのほか、ありとあらゆることはされたけど。

大道寺を口に含む以外のことはやらされたけど。

そして、そのうち、それすらも覚えさせられるだろうけど。

キスだけはしたことはない。

でも、それと、キスをしたくない、という感情は別。

感謝の気持ちを込めて。

そして、それ以外にあるかもしれない、自分の気づいていないものを含めて。

自分から、キスさせて、と頼みたいぐらいだ。

鳩羽は大道寺に顔に、そっと手を伸ばした。

「初めて、隆稔さんの顔を見たときね」

鳩羽は微笑《ほほえ》む。

笑うことは、もう怖くない。

笑顔を見られることも、全然平気。

大道寺以外だったら。

そう考えて、ぞっとした。

自分を調教してくれたのが大道寺以外だったら、自分はどうなっていたのだろう。

オークションにかけられる前に壊れていたかもしれない。

だったら、さっき、恨みをぶつけた運命に、感謝をしなければ。

オークションにかけられるのは何人かいる、と言っていた。

ほかの調教役のところじゃなくてよかった。

大道寺で本当によかった。

「すごいきれいな顔してるな、って。どこで見たんだろう。でも、思い出せない、って」

「結局、思い出したか?」

「ううん。たぶん、会社だろうな、って予想ができるぐらい。隆稔さん…は、覚えてるわけないよね」

平凡を絵に描いたような顔をしている鳩羽のことなんて、すれちがっても記憶に残っているはずがない。

「俺が一日にどれだけの人と会うと思ってるんだ」

「うん、だから、いまの取り消す」

鳩羽はにこっと笑って、それから、顔を大道寺に近づけた。

「たぶん、失敗するよ」

そう断ってから、唇を合わせる。

大道寺の唇は、温かかった。少し湿《しめ》っていた。

「…へたくそ」

鳩羽が目を開くと、大道寺は開口一番、そう告げた。鳩羽は笑う。

どうしてだろう。

さっきから楽しくてしょうがない。

「だから、失敗する、って言ったのに。でも、キスしたから、首輪外してくれるんだよね？」

鳩羽は首を差し出した。

「それで、隆稔さんが俺のこと飼ってくれるんだよね？　俺、すっごくがんばるから」

鳩羽はじっと、大道寺を見る。

「フェラ…も…」

その単語を口にするのは、まだ恥ずかしい。だけど、思い切って言う。

「覚えるから、教えてね。飽きたら捨てていいから」

そのあとは、どうにかして生きていく。

あの瞬間。

みんなが自分を買う値段をつりあげていったあの瞬間。

一生分の恐怖を味わった。

あそこから救ってくれたんだから、それ以上なんて望まない。

これから先の人生は、神様からの贈り物だと思って、大道寺に捨てられたあとも、何をしてでも生き抜いてやる。

「言われなくても、そのつもりだ。自分で買ったものは、自分で売る。それが当然だろう?」

「うん」

百億、払ってくれた。

本当に本当に本当に助けてほしかったあの瞬間に、声を上げてくれた。

もう、それだけでいい。

「それでも、俺がよかったのか?」

「隆稔さんがよかった」

「ひどいことばかりしたのに？」

「ひどいことばかりされたけど」

鳩羽はにこっと笑う。

「でも、優しいこともたくさんしてくれたよ」

生き抜けるように。

廃人にならないように。

与えられるだけの知恵を授《さず》けてくれた。

人間オークションに疑問を持たず、お金があればなんでもできると考えていて、人間としては失格だろう人だけど。

自分にとっては恩人だ。

「だったら、まず、フェラの前にキスがうまくならないとな」

大道寺は目を細める。

「さっきのじゃ、その首輪を外すまでにはいかない」

「…俺のファーストキスなのに」

「二十五の男のファーストキスに価値があると思っているなら、ちょっと頭が悪すぎるぞ」

まあ、それもそうだ。

「どうすればいい？」

「まずは唇を軽く開けて」

鳩羽は大道寺の言うとおりにする。

「それで、俺の唇をついばむようにしろ」

ついばむ？　ついばむ、って、どんな感じ？

疑問に思っているのが分かったのか、大道寺は、はあ、とため息をついた。

「フェラだけじゃなくて、キスもか」

「…ごめんなさい」

何もかも大道寺に頼ってしまう自分が情けなくて、鳩羽はうつむく。大道寺は鳩羽のあごをつかんだ。

「覚えろよ」

じっと目を合わされて、鳩羽は、こくこく、とうなずく。

「いままでは、だれが競り落としてもいいように、ある程度のところまでしか教え込んでいないんだ。明日からは、俺好みにばしばし育てていく。だから、しっかりと覚えろ」

「明日？」

鳩羽は首をかしげた。

「今日からじゃなくて？」

「さすがに、今日は疲れてるだろ。休め」

「疲れてないっ！」

鳩羽は、ぶんぶんぶん、と首を激しく左右に振る。

競り落とした当日に何もできない、なんて、そんな役立たずでいたくない。百億も出した大道寺に、どうにか恩返しをしたい。

いまできることは、セックスだけ。

この体を使うことだけ。

「無理するな」

大道寺は、ぽん、と鳩羽の頭をたたいた。

「いましても、鳩羽が思い出すのは、昨日、そして、今日、鳩羽を見つめていた男たちの目だけだぞ。そんな相手とセックスしたくない。だから、一日寝て、全部忘れて、すっきりしたら、明日から調教再開な。ただし」

大道寺はにやりと笑う。

「いままでは、生き抜くためのノウハウを教えたりもしたが、あれは一切なし。俺を支配しようとしたり、俺から逃げようとされたら、困るからな。あと、中が広がるまでは遠慮してたが、昨日、抱いてみた結果、もう大丈夫そうだ。その意味でも手を抜かない」

「あ、昨日！」

鳩羽は、パン、と両手を合わせて音を鳴らした。

「俺、どうだった？」

「どうだった、って？」

「気持ち…よかった…？」

頬が熱い。体まで赤くなりそうだ。

恥ずかしい、恥ずかしい、恥ずかしい。

だけど、聞きたいから。

これから先の参考として、たしかめておきたいから。

「お…れの中で…」

どうにか続きを口にする。

「イッてくれたでしょ？　あれ、気持ちよかったから？」

「そんなの、これから自分でいくらでもたしかめろ」

大道寺があきれたように言った。

「だいたい、自分で何回もイッといて、男がどんなときにそうなるのか分からないとは、おまえ、ホントにバカだな」

「だって！」

鳩羽は必死で言い募《つの》る。

「隆稔さんが気持ちいいなら、俺、もっとがんばれるよ！　だから、教えてほしいな、って、それだけなんだけど…」

鳩羽は大道寺を見上げた。

「だめ?」

「だめ」

大道寺は即答する。

「おまえ、いまの上目遣い、かわいいと思ってやったのかもしれないが、俺には通用しないからな。よく覚えとけ」

「かわいい?」

だれが?

「…あー、そうだ。こいつ、清純な淫乱なんだった。清純ぶったビッチじゃなかった。やっぱり、育て方まちがえたな。ビッチだったら、百億出す必要もなかったんだが」

ぶつぶつと言っている大道寺の言葉の内容が、ほとんど分からない。

「ま、いい。過ぎたことを考えてもしょうがない。問題は、これからどのくらい時間をかければ、鳩羽が俺好みの体になるか、だな。この乳首なんかは」

大道寺が鳩羽の乳首をつまんだ。鳩羽は、あっ、と甘い声を上げる。

「いやらしくて、かなり好みに近い。あとは、もうちょっと大きくして感度を上げる。中も初めてにしてはいい味だった。が、キスは論外。ということは、フェラはもっと論外。課題はいろいろあるな」

つぎからつぎへとたたみかけられて、鳩羽は、しゅん、となった。

「が、努力しようとしているとこは買う。というわけで、まずはキスから。顔、こっちに寄せろ」

手招きされて、鳩羽は大道寺のほうに体を傾《かたむ》ける。

「ついばむっていうのは」

大道寺の顔が近づいてきて、鳩羽の唇を軽く吸った。なるほど、たしかに、ついばまれている感じがする。

「あとは、上唇だけ吸ったり」

大道寺の唇が、言葉のとおり動いた。

「下唇を噛んだり」

噛まれて、かすかな痛みと同時に気持ちよさを覚える。

「舌を中に入れたり」

大道寺の舌が、鳩羽の唇の間から、するり、と入ってきた。舌をくすぐられて、無意識に引っ込もうとするそれに絡《から》められる。くちゅ、という濡れた音が漏れた。

「それの全部を、いろいろ組み合わせたり」

大道寺の唇や舌が、鳩羽を翻弄《ほんろう》する。

キスは気持ちいい。

それに気づくまで、時間はかからなかった。

もっと、キスしてほしい。

もっと、もっと、もっと。

鳩羽は自分から大道寺の舌に吸いついて、離すまい、とする。

かなりの時間の激しいキスのあと、大道寺の唇が離れた。つーっ、と唾液《だえき》が糸を引き、鳩羽は、それを、きれいだな、と思う。

唾液なんて、全然きれいなものじゃないのに。

「まずは、いま、鳩羽がなってるみたいに、俺を、トロン、とさせるようなキスを覚えろ」

「…うん」

鳩羽は自分の唇を触った。そこは、ぷっくり、とふくれているような気がする。

「あ、あと、おまえを競り落とすなんて考えてなかったから、部屋を用意していない。だから、しばらく、あそこにいてもらう。さすがに、あのままじゃ不便だろうから、家具とかはいろいろ入れるが」

「武器になるかもよ?」

鳩羽はいたずらっぽく言うと、大道寺が肩をすくめた。

「俺を殺して逃げきれるほどのビッチとなれば、今日、集まってたやつらが死ぬ気で探すだろうよ。それも、極上の待遇でな。鳩羽が壊れるのは、時間の問題だ」

「逃げない」

鳩羽はきっぱりと言う。

「隆稔さんが、もういらない、って言うまで、逃げない」

「もういらない、って言ったら、逃げてくれるのか?」

おもしろそうな表情の大道寺に、鳩羽は唇をとがらせた。

「ここで、うん、って言ったら、じゃあ、もういらない、って返ってくるんだよね?」

「お、鳩羽が頭を使ってる」

「俺はバカだけど、そこまでバカじゃない。だから、本気で追い出されるまで、出てかない」

「なんだ、やっかいものがひとつ減ったとぬか喜びした俺がバカみたいじゃないか」

「人生、何が起こるか分からないからね」

鳩羽はにっこりと笑う。

「ぬか喜びをしないほうがいいんだよ」

「…それ、俺が言ったんだよな」

「うん!」

「てことは、俺をからかってんのか?」

「そう!」

「じゃあ、まあ、百億の価値はあるかな」

大道寺の言葉に、鳩羽は眉をひそめた。

それ、どういうこと?

「バカじゃないほうが楽しい、ってことだ。ほら、さっき教えたキスをしてみろ。ちゃんとできたら、首輪を外してやる」

緊張はしなかった。気負いもなかった。

鳩羽は大道寺にしがみついて、その唇を覆う。舌を入れるころには、首輪を外す、カチッ、という音が聞こえてきた。

首周りに空気が当たるのを感じながら。

よかった、とまた思う。

自分を調教してくれたのがこの人で。

本当によかった。

そう考えると、ほわん、と心の中が温かくなった。

一週間前、ここに連れてこられて以来、初めて感じる安らぎだった。

「首尾は上々だったみたいだね」

白髪の老紳士《ろうしんし》に声をかけられて、大道寺は笑顔でうなずいた。

「おかげさまで」

「いやいや、こちらこそ」

その隣の、いかにも好色そうな男が目を細める。

「いいものを見せてもらったよ」

あの公開調教のことだと分かって、舌打ちをしたくなるのを大道寺はどうにかこらえた。まさか、ここで軋轢《あつれき》を生むわけにはいかない。

いま大道寺がいる部屋は、いかにも高級そうな絵画や調度品がちりばめられており、中央には大きな円座が置いてある。そこに十人の、いずれも壮年期をとっくに過ぎた男たちが腰かけていた。丸テーブルなのは、上座《かみざ》を作らせないための苦肉の策《さく》なのだろう。

『狸《たぬき》同盟』とみずから名乗る彼らは、たしかに、おのおの、狸と呼ぶのがぴったりだ。

他人をだますことに躊躇《ちゅうちょ》がない。自分の利益のためならなんでもする。

大道寺があまり好きではないその手のやつらも、しかし、うまく使えば頼もしい味方になってくれる。

たとえば、今回みたいにおおがかりにだれかをだましたい場合。

お金を持ちすぎて、権力がありすぎて、だいたいのことは経験し終え、この世のすべてに退屈しきった狸たちは、自分たちをおもしろがらせてくれるものにいつだって飢《う》えている。そんな狸同盟を動かせるのは、ただひとつだけ。

退屈しのぎ、かつ、見ていておもしろい企画を持ち込むこと。

大道寺が、今回、あの公開調教を入れたのも、そのほうが話が早いと分かっていたからだ。

何かを手に入れるために多少の犠牲《ぎせい》はやむをえない。

そう考えるのは、狸同盟だろうと大道寺だろうとおなじこと。

「あの子には」

眉間《みけん》に深く皺《しわ》を刻《きざ》んだ老人が、ぽつり、とつぶやいた。

「そのうち真実を話すのかね?」

「真実とはなんですか?」

ありもしない人間オークションをでっちあげたことだろうか。

恐怖を植えつけて、自分を選ばせたことだろうか。

一年以上前から鳩羽のことを調べ、手段など問わずにさらってきたことだろうか。

それが真実なのだとしたら、教えるつもりはさらさらない。

「いいね」

この中では一番若い、それでも五十には手が届いているだろう男性が目を細めた。

「きみはまだ純粋で、うらやましいよ。私なら、あれが懐《なつ》いて、完全に心を許したころに告げるだろうな。そのとき、どういう顔をするのか想像するだけで楽しい」

そうだな、と同意の声があちこちで上がる。大道寺は笑顔を崩《くず》さずに、内心で吐き捨てた。

だから、俺は鳩羽を手に入れたんだ。あんたたちみたいにならないように。

心が完全に壊れてしまわないうちに。

だけど、口にしたのは。

「それもまたおもしろそうですね」

思っているのとは逆のこと。

狸同盟を敵に回すことほどやっかいなことはない。依頼を叶《かな》えてもらったいまとなっては、特に。

これ以上、不快な思いをさせられないうちに。

それにむかついたりして馬脚を現さないうちに。

さっさと用件をすませてしまおう。

「これを」

大道寺は封筒をテーブルの上に置いた。

「お納めください」

お金ならいくらでも持っている人たちに、小切手や株券などなんの意味もない。彼らが欲しがってるのは、保証。ひとつ言うことを聞く代わりに、いつなんどきでも狸同盟の命令に従う、その保証。

封筒の中に入っているのは、そのための書類だ。

「わざわざご苦労だった」

ずっと黙りこくっていた、なのにハンパじゃない存在感を放っている着物の老人が、ぽつり、とつぶやく。それを機に、狸同盟は一斉《いっせい》に立ち上がった。

これで会合は終了、ということなのだろう。

だれもテーブルの上に置いてある封筒を改めはしない。興味を持っている様子もない。だますならだませ。ただし、その報《むく》いは受けてもらうぞ。それもまた楽しいだろうな。

そう思っていることが、ありありと分かる。

自分の身を売ってまで鳩羽が欲しかったのか、と聞かれれば、どうだろうな、と首をかしげるかもしれない。

そんな価値はない、という結論になってしまうかもしれない。

だけど、と大道寺は思う。

自分の身を守って、権力を維持して、お金を持ち続けて、最終的にたどり着くのがここであるならば。

狸同盟の一員になるしかないほど世の中に飽きるのならば。

そんな人生、必要ない。

鳩羽を手に入れた。だけど、だれからも干渉《かんしょう》されないですむ立場を、これから一度だけ失ってしまう。

もしかしたら、とても大事な時期に。

だけど、それも、またおもしろい。

大道寺はうっすらと笑みを浮かべた。

自分の運が強いのか弱いのか、試してみるのもまた一興《いっきょう》。

つぎつぎと出ていく狸同盟の面々を、大道寺は頭を下げつつ見送る。ポン、と肩をたたかれて、顔を上げると着物の老人。

「逃げ切れるといいな」

大道寺の内心などすべて見透かしているようなその暗い瞳に、思わず、一歩、退《しりぞ》いた。

いったい、どんな経験をすれば、これだけ闇に染まった目になるのだろう。

「貴君の依頼はなかなか楽しかった。だが」

「もう二度と頼りません」

大道寺が先回りしてそう告げると、老人はうなずいた。

「それがいい」

自分の出番があるのかないのか、それはまだ分からないけど、最大限であと一度だけ。

それで終わる。

すべてが終わる。

バタン、とドアの閉まる音がして、十人すべての気配が消えた。ここにある高級なものを盗まれるかもしれない、ということを考えたことすらないのか、盗まれてもたいして痛くもかゆくもないと思っているのか、もともとなんにも興味がないのか、どれかだろう。

その仲間にならなくてよかった、と大道寺は心の底から思う。

どうしても手に入れたい、と思うものがあってよかった、と。

まだあの監禁部屋にいる鳩羽の姿を想像して、大道寺は微笑んだ。

これから、二人で住む場所を見つけないと。日本じゃないところがいい。狸同盟は仕方がないとしても、しがらみはなるべく少ないほうがいい。

その間、少し不自由かもしれないが、あそこで我慢してもらおう。

早く顔を見たいな、と大道寺は思った。

自分を見て、ぱっと笑顔を浮かべる鳩羽を。

お帰りなさい、と嬉しそうに言うところを。

早く見たい。

「…安い買い物だったな」

大道寺は小さくつぶやいた。

それは、まぎれもなく本心で。

そう思えたことに、ほっとする。
手段など、どうでもいい。これから先について不安なんて抱かない。
手に入れた方法がまちがっていようと、そんなの問題じゃない。
大道寺は、ひとつ、深く息をすると、ドアに向かった。
迷いは、もうなかった。
自分の帰るべき場所へ、足を運べばいい。
鳩羽のもとへ。
自分が手に入れた、だれにも手渡したくないもののところへ。
「ああ、そうだ。帰る前に」
大道寺はつぶやいた。
指輪を買わなければ。
おまえは俺のものだ。
そう告げて指輪を渡したら、鳩羽はどんな顔をするだろう。
それを想像するだけで楽しかった。
ようやく手に入れた、大切なもの。
その顔を思い浮かべるだけで、自然と笑みがこぼれてきた。

あとがき

みなさま、こんにちは、または、初めまして！　森本《もりもと》あきです。

さて、今回は調教ものです。なんか、久しぶりにエロを書きたいぞ！　とがんばってみました。まあ、ラヴァーズは毎回エロをがんばっているんですが、なんていうんですか？　淫靡？　な感じにしたかったんです。…結果がどうなっているのか、中身でご確認ください。

で、あとがきといえば担当さんいじりと決まっているんですが、今回は1ページしかないので自重！　次回、こうご期待！

というわけで、恒例、感謝のお時間です。

挿絵は初顔合わせのわかな先生！　とても素敵な絵をありがとうございました！　次回があることを切望しております。

担当さんはとても大変そうですが、まあ、明けない夜はないよ、と二人で慰めあってます。

次回は…来年かなあ？

そのときに、またお会いしましょう！

Lovers Label

さらわれた花嫁と恋愛結婚!?

ラヴァーズ文庫をお買い上げいただきありがとうございます。
この作品を読んでのご意見・ご感想をお聞かせください。
あて先は下記の通りです。

〒102−0072
東京都千代田区飯田橋2-7-3
(株)竹書房　第五編集部
森本あき先生係
わかな先生係

2009年6月1日
初版第1刷発行

●著　者
森本あき ©AKI MORIMOTO
●イラスト
わかな ©WAKANA

●発行者　牧村康正
●発行所　株式会社　竹書房
〒102−0072
東京都千代田区飯田橋2-7-3
電話　03(3264)1576(代表)
　　　03(3234)6245(編集部)
振替　00170-2-179210
●ホームページ
http://www.takeshobo.co.jp

●印刷所　株式会社テンプリント
●本文デザイン　Creative·Sano·Japan

落丁・乱丁の場合は当社にてお取りかえいたします。
定価はカバーに表示してあります。
Printed in Japan

ISBN 978-4-8124-3823-7　C 0193

ラヴァーズ文庫
Lovers Label
媚《び》薬《やく》研《けん》究《きゅう》者《しゃ》の
甘《あま》やかな誘《ゆう》惑《わく》
なんで科学者が、
Hな薬の
実験台に……!?
「科学者なら皆知ってる。媚薬なんて存在しないって…」。
珠樹《たまき》の勤める製薬研究所には、
『媚薬の臨床試験』という極秘で行われる検査がある。
その検査の担当になった珠樹は、試験モニターのひとりに高校時代の
初恋相手、昌景《まさかげ》を見つけて動揺する。
しかもカップルで行われる検査の、
昌景の相手役を珠樹がすることになってしまった!
科学者として「媚薬は効かない」と言い張る珠樹だが、
昌景の手で恥ずかしい所に媚薬を塗られて……。
著
森《もり》本《もと》あき
画
音子《おとこ》
好評発売中!!

ラヴァーズ文庫
Lovers Label
ラヴァーズコレクション
ラブ♥コレ
5th anniversary
創刊5周年記念BOOK♥
「獅子の爪牙」「さらわれた花嫁と恋愛結婚!?」「花の残像」の番外編
イラストレーターによる特別描き下ろし漫画を収録!!
夜光花《やこうはな》
HANA YAKOU & YOU TAKAHASHI
高橋《たかはし》 悠《ゆう》
ふゆの仁子《じんこ》
JINKO FUYUNO & CHIHARU NARA
奈良千春《ならちはる》
森本《もりもと》あき
AKI MORIMOTO & WAKANA
わかな
巴&須王
「ハッピーバースデー」
ティエン&高柳
レオン&梶谷
「再会」
鳩羽&大道寺
「幸福な日常」
好評発売中!!